KB039908

내 바다가 되어줄 수 있나요

민왕기 시집

내 바다가 되어줄 수 있나요

달아실 시선
14

달아실

일러두기

본문에서 하단의 > 는 '단락 공백 기호'로 다음 쪽에서 한 연이 새로 시작한다는 표시이다.

시인의 말

이것은 지난 계절, 내가 살던 바닷가 마을의 이야기이다.

2019년 봄
부산의 한 남쪽 방에서
민왕기

차례

내
바
다
가
되
어
줄
수
있
나
요

1부

바다에 빗물 하나 내려앉아

비 오는군, 한 톨이라고 해야 할 드문 비 날리는군

잘 안 보면 몰라야 할 조그만 빗방울이 슬쩍, 운동화에 앉아 어딘가를 함께 걸어가는군

바닷가 모래언덕

바닷가 내 비밀의 모래언덕에 여자는 왜 앉아 있는지

해무가 오면 아랍의 희부연 피리 소리 들리고
안개를 딛고 공중을 밟으면, 당장 이야기 끝 사막으로 갈
수 있을 텐데

천 일간 들었던 이야기들이 단번에 오는, 물의 끝 바다 언
저리

내 비밀의 곳간으로 찾아온 여자의 이야기도 사적이며 사
적일지 모른다

혼자 울 때 그것은 정치 때문이 아니라
생활 때문이라는 걸
사소한 바닷가 마을, 해무가 오는 쪽을 바라보면 알게 되고

내가 파묻은 가책의 모래언덕에 여자가 고통을 묻고 떠날
때까지
>

나는 기척 없고 기다리고, 해무는 와 묽어지려 한다

내 비밀 옆에 당신의 비밀,
해무가 오면 서로 숨어 있기 좋다

공중에 떠돌던 말

해안의 긴 밤으로 도망가 같이 살아줄 수 있나요

말이 입에 돌면 사람은 간절해져 사모하게 된다는 걸
나는 여러 번 혼잣말을 해보며 알게 되었다

내 바다가 되어줄 수 있나요, 나는 바다에게도 말하고
그 말이 가면 물이 솜털을 적셔 내게로 오곤 했다

해변의 모래 한 줌에게 내 모래가 되어줄래요, 하면
그 모래를 두고 가기 싫고 언젠가 만나러 와야 할 것 같
았다

이 생에 한 번은 내어보고 싶었던 말을 참고서 혼자 부르
는 이름들

세상이 시시하니까, 혼자 하는 연모로 눈시울은 붉어지곤
한다

그 말들은 누구나 오래전부터 다 한 번씩은 되뇌어 보았

던 말

혼자 밥을 먹거나 촛불을 켜거나 시를 읽는 사람들이
다 한 번씩 해보았던, 공중에 떠돌던 말

나와 당신도 모르게 만나, 서로 기대어 있었던 말

모란 위 옥탑방

항구에 옥탑방을 하나 얻어, 둘만 아는 시를 쓰고
세상은 없다 그리고 기절하는 햇살만 있다

찬거리를 사오는 오후에도 당신 어깨 위 모란은 황홀하고
하루 종일 이 햇살의 햇살 속을 걸을 수 있다

세상에는 아무것도 되고 싶지 않은 사람들이 있다
아무것도 되고 싶지 않을 때만, 가질 수 있는 삶이 있다

너의 어깨, 모란 같은 사소한 인정으로도 문학적일 수 있다

바다 끝 하늘에는 닿을 수 없는 태초의 무료함이 있고
그 끝에 아무것도 없어서

당신 어깨 위에서 어느 날은 종일 걷고 어느 날은 종일 쓴다

무료해지면 무료한 섹스 끝에 서로 안고 적막해지고
모란 위에 귀를 대고 기다린다 잠잠하라,는 바람소리가
난다

호텔 캘리포니아 게으른 태양 아래

라디오를 들으면 목화 펜션, 세진 비치, 은하 맨션 같은 이름의 연립주택에서 그저 목소리만 좋아하게 된다네

자기 안에 잠복해 있던 노래를 건드리며 흐르는 호텔 캘리포니아

일천구백칠십육 년 내가 태어나기 이태 전 이 노래는 발표되었고 그건 내게 태초의 일

이 노래가 흐르는 시내의 거리에서 부친과 모친은 만나 둘만의 결혼을 했다네

신혼여행지는 수안보, 어쩌면 그곳이 내 고향일지 몰라서 수안보, 라고 누가 말하면 가슴이 뛰었네

수안보 호텔 썬데일리를 호텔 캘리포니아라고 불러도 상관없지만, 그곳에도 태양이 찬란한 호텔 캘리포니아가 있을까
>

우리말로 공책에 받아 적었던 가사의 내용은 아직도 모르지만, 작렬하는 게으르고 나른한 태양의 이미지였다는 것을 그때도 지금도 알고 있네

이글스의 왕년 멤버들이 일흔이 넘어서 부르는 오늘의 노래는 아직 몽롱하고

일천구백사십육 년 생과 일천구백칠십팔 년 생 사이의 목소리에는 거리가 없어, 전자기타 하나를 사오는 저녁을 지금도 꿈꾸는데

나와 당신이 만나 둘만의 약속을 해야 할 오늘도 이 노래가 라디오에서 흘러나오고 신혼여행지는 아직 정해지지 않았네

하지만 할 수 있다면 제주에 가서 화산섬 같은 아이 둘을 낳아 태양이나 바람이라고 이름 짓자

라디오를 들으면 목소리를 점점 사랑하게 되고 이 생에는

담배와 커피 그리고 당신만 있으면 된다네

　태양은 이미 있었고 호텔 캘리포니아도 흐르고 있으니까

　중간 중간에 들리는 환호성이나 되어서 게으르고 나른한
태양 아래 모든 것을 잊을 수 있네

여름엔 완당을 풀어 마신다

완당을 좋아한다 우리가 사랑한 은어같이 흰 것을

오후에는 연한 밀을 연한 물에 풀어 마시고
밀의 조금과 물의 조금을 얻어본다

완당집, 물기가 좋아 밀이 흐늘거리고 밀의 밀이 구름을
닮아간다

중국에서 온 이 음식은 떨리는 밀의 말

당신과 마주앉아 부드러운 밀의 혀를 녹여 마시며
혀로 핥을 수 없는 안까지 줄 수 있다

흐린 날엔 광안리 18번 완당집에서 만나 눈을 보면서
서로 안을 마신다

우리가 오래도록 주고받은 밀어같이 흔들리는 것을

눈가에 어리도록 천천히 완당은 풀어지고

당신이 소문 없이 사라질 수 있다

둘이 부르던 은어와 밀어들이 지느러미를 치며 흘러간다

우리는 밀을 닮은 구름, 여름엔 따뜻한 물에 완당을 풀어
마셨다

해안 이발소에 숨어서

찬 면도기로 미간까지 다듬어주는 것은
그가 오랫동안 해왔던 일

늙은 이발사의 부드러운 손이 닿으면 미간이 펴지고 눈썹
이 가지런해진다

눈썹을 다듬는 것은 얼마나 생경한 일인지
나는 그만, 당신처럼 고와질지 모른다

면도는 털에 묻은 피곤을 덜어가는 것이라고 이발사는 말
하고
나는 알싸한 면도거품이 어릴 적 그 집처럼 그립다고 말한다

거울 대신 창밖에 바다를 걸어둔, 해안이 보이는 항구의
이발소

페루에서 죽은 새들이
이발소 창밖 바다로 몰려와, 숨어 사는 일을 택할 것 같다
  >

저는 면도기나 갈면서 삼십 년을 머물렀지요, 사람은 중얼
거리고
　　오월이 지나도록 아직인 난로에 면도 거품 끓는데

　　나는 한 여자와 근방에 사니, 간혹 눈썹이나 다듬으러 오
겠다고 말한다

듬돌이라는 국숫집

협재에는 듬돌이라는 국숫집이 있고
면이 당신 머리칼처럼 아름다워

거기서 당신과 나는 고기국수를 시켜 반씩 덜어 먹고 있지

해변은 빠져 죽기 힘들 만큼 얕아서 밤에 죽으러 왔던 사
람들이
　결국엔 물을 걷다 지쳐, 백사장으로 걸어 나와 하룻밤씩
자고 간대

다음날은 신비롭겠지, 바닥까지 보이는 물속에
물고기가 놀고
바다 너머에는 이 세상이 아닐 것 같은 비양도가 보일 테
니까

구름은 이상하지, 죽으러 왔는데 더 있고 싶을 만큼 희어서

아, 눈부시다 그 말이 나오면 눈물이 터져서
못된 것 다 털어낼 수 있대

그러니까 죽으러 가지 말고 여기에 와 숨어 살면 돼

고기국수가 모자라면 한 그릇 더 부탁해 반씩 나눠 먹고
평등하고 평화로운, 눈물 나는 하품이나 하면 되는 거
아니겠어

듣돌이라는 국숫집에 다녀가, 갈 수 없는 비양도처럼 작은
집이야

공터를 가진다는 것

책 한 권 남기고 떠난 작가가 적막에 성실했듯이
문장과 문장 사이 행간에 시간이 흐르듯이

쓸쓸함에 성실하면 공터가 생긴다 무엇보다 아름다운 공터

지금 이 안은 쓸쓸하고 사람에게는 쓸쓸함이 공터였다
아무것도 메워 넣을 수 없는 시간의 공터

그를 읽다 문득 사람이 가진 공터의 평수를 재어보고
어떤 것은 깊고 어떤 것은 널따랗기에

나는 내가 가진 바깥이나 살피면서 밤을 산책했다

사람이 만나는 일이 공터와 공터가 만나는 일 같기도 하고
서로 공터를 넓히는 사랑을 하나 갖는 것 같아서

누가 떠나면, 둘이 있던 공터에 혼자가 남아 휑한 곳을
열 평쯤 더 늘리게 되겠지

>

쓸쓸한 사람을 보면 눈매가 시원한 것은
그 사람 골목에 바람이 불고 있기 때문

그 사람 문장과 문장 사이가 멀고 긴 것은
떠난 사람 많아 공터를 넓혀왔기 때문

사람을 보면, 그 눈가에 들어 바람이나 쐬다 오곤 했다

저녁마다 무사가 되어

마늘과 파 당근 상추의 끄트머리, 돼지목살의 가장 두툼
하고 맛 좋은 곳을 잘랐던 칼

갖은양념이 배인 부엌칼은 한 집에 하나씩 있고

몸살 난 당신을 기다리며 나는 내게 하나뿐인 칼을 물에
삶고 있습니다

칼을 드는 저녁마다 무사가 되어
동물의 뼈를 도리고 식물의 관절을 부드럽게 잘랐습니다

무슨 맛이 날지, 귀해서 먹어보지 못했던 칼을 삶으며

여기선 지난 계절, 당신과 내가 해 먹었던 수많은 요리의
맛이 날 겁니다

이를테면 당신이 내게 해주었던 닭볶음탕, 비리고 매콤한
것을 소주와 함께 마시면서
황홀해진 나는 연립주택 담장에 핀 장미를 따러 갔습니다
>

오늘 칼을 삶으니, 꽃 냄새가 납니다

무엇을 자르기만 했던 칼을 삶으니, 칼이 잘라냈던 무엇들이 우러납니다

칼은 수많은 아침과 점심, 저녁을 잘랐겠지요 그리고 가끔은 마음도 잘랐을 겁니다

당신이 아플 때는 세상에서 가장 귀하고 귀한 이 칼을 삶아 같이 먹읍시다

칼을 삶으며, 잊었던 아침과 저녁을 데려다 놓겠습니다
오월의 담장에 핀 피 같은 꽃을 따다 놓겠습니다

한 사람의 일

내 애인의 비밀은 내가 더 잘 아는 비밀

그건, 여고 때 처음 거울로 비춰보고는 본 적 없다는
하늘한 애인의 잎을 무수히 들여다본 후 생겨난 문장

남모를 의혹 하나를 혼자만 알게 된 것 같이
애인보다 내가 더 잘 아는 애인의 몸을 조심히도 갖게 된 것

어디 그뿐일까, 생각해 보면

무수한 뒷면을 들킨 것이 연인 사이라서
서로가 모르는 구석을 하나씩 데려다 사는 중이다

내가 일 년에 한 번 볼까 말까 한 허리를, 점 하나를
나도 모르는 나의 냄새와 잠들면 곧잘 하는 잠꼬대를

알려주는 것은, 내 뒤를 지켜주는 사람의 일

자기는 모르는 살의 느낌을 서로에게 전해주고

나 아닌 누구를 자기라고 불러보는 쓸쓸하기도 한 일

둘이 안고 누워 멀리 가는 밤에 생겨난 일

자두가 자두일 때

자두는 붉은 과일, 말에서도 향기가 나는 과일

자두라는 꽃이 있다면 분명히 환하고 진한 향기가 났을
거야

어떨 땐 귀두 같고, 어떨 땐 음문 같아서
무료한 연인들이 키득이며 먹는 과일

니 꺼 닮았어, 유치한 장난들도 어떤 날은 흔적 없이 사라
질 것 같지

어떤 과일이 저랬을까, 껍질을 뚫고 나오는 향
황홀해 기절하고 싶을 땐 누구나 죄 한번 저지르고 싶었
겠지

오늘 자두는 남자를 더 닮았고
어제 자두는 여자를 더 닮았는데
우리 옛날엔 같은 몸을 갖고 같이 살았대
>

질은 음경이 되고 난소는 고환이 되어 자두 같은 삶이 된 것

그러니 그것이 어떤 향일지라도 서로에게 못 잊을 향이 되지

자두가 자두일 때부터 있었던 향

흰 무가 있는 저녁

흰 무를 도마 위에 놓고 썬 것이 오늘 오후의 첫 칼질이었고
첫 칼질치고는 나쁘지 않아서 무는 나박나박하고 가지런
하기도 하다

첫 글씨가 흐트러지지 않도록 자세를 바로 하고 정서하듯
무를 써는 일

어제 읽은 시집의 글자들이 제 자리에 놓여 자꾸 가슴을
울렸듯이
저녁에도 소리가 있어야 한다면 무 써는 소리

오늘은 이렇게 무를 썰어 국 한 솥을 끓여냈으니
늦게 돌아와야 할 당신에게 국밥 한 그릇 내다 주면 하루
가 다 저물겠다

오래전 내가 깊은 부엌에 앉아 바라봤던 한 여자의 무 썰
던 저녁

그 밤 남자는 돌아왔던가, 돌아오지 않았던가
  >

낭창낭창하게도 들리던 그 소리를 오늘은 내가 또박또박 받아 적으며

　좀처럼 당도하지 않는 당신을 기다리는 멍한 저녁을 맞았다

남해 해변 심야 백반집

심야 백반집, 홀로 된장찌개를 먹는 긴 밤이다

주인 없고 나만 앉은 컴컴한 식당에 누가 내온 상인지

콩나물이 물기를 먹고 자라고 시금치가 잎을 일으키고
멸치들이 파닥거려, 연안 빈 식당에서 귀가 커진다

백반집에 나 말고 또 다른 혼자가 밥을 먹고 있는지

허겁지겁, 외로움에 속이 빈 사람들 둘러앉아
누군가 보고 싶어 자기밖에 안 보이는 식사를

심야 백반집에 누가 있는지, 귀가 커졌는데도 보이지 않는다

찬물 마시는 소리만, 젓가락 휘젓는 소리만

남해 백반집에서 내가 밥을 먹고 있으니 어서 오라고
조용한 식사가 계속되고, 이런 긴 밤엔 오직 두 귀만 자란다

골목을 나오며

바닷가 마을 떠돌다 가는 밤에
한 사내가 트럭의 머리를 치며 울부짖고 있었다

그리고 그를 꼭 껴안고 달래는 사람이 보였다
그래 그래 그래 그래

소리를 지르는 사내는 흰 머리였고 그를 달래는 사내도
흰 머리였다

나는 무심히 그 길을 지나쳐 와버렸다
사람이 눈물을 쏟는다는 것

뒤를 힐긋 돌아보며, 머지않아 어떻게든 그칠 일이라 믿었다

그늘의 상점

시집에 돈을 숨기면 아무도 찾을 수 없는 비밀이 되겠지

거기 무엇이 있을 거라고 다들 믿지 못할 테니까

가장 좋았던 시의 자리에 돈을 숨기고 며칠을 자면
만 원짜리 한 장에 사람이 스며 시를 품게 될 것

슬픔의 문장을 품고 있던 지폐는 조금 더 낡아가고
슬픈 사람 아니라면 손댈 수 없는 돈이 되어갈 테지

고통이라는 까마득한 문장이 스민 시집은 또 어떤지

슬픔도 꺼내 쓰기 어려운 문장이 새겨져 있을 테니
고통에 무너지지 않을, 먼 훗날만이 꺼낼 수 있는 돈이 되
겠지

아름다운 나라의 지폐에는 시가 새겨져 있다지만
여긴 아직 멀어, 금고는 비싸고 그래도 시집은 팔천 원, 거
기 돈을 묻어두면 안전하니까
  >

비상금도 되고 통행료도 되는 돈을 숨기고, 훌쩍 그늘의
상점으로 건너갈 수 있지

물고기의 하느님이 되어

물고기 둘이 있던 어항에 하나가 죽고 하나만 남았다

책장 위에 있던 어항을 책상 위에 옮겨온 건
어항이나 두드려 주려고

외로운 것보다는 죽는 것이 나을 것 같아
내다 버리려다 곁에 두고 보니 물고기도 멍한 것을 닮았다

하루 한 번씩 만나를 내리듯 밥을 주고
손으로 톡톡 잘 사냐고 묻는
너의 하느님은 어쩌면 내가 된 것인지도 모르겠다

장마가 온다고 천둥이, 옥탑방 창문까지 와
귀를 치고 가는, 물 가득한 방안의 어항 속

물고기는 이 깊은 밤 혼자 무얼 쓰고 있으려나

외로운 거니 그리운 거니, 너는 언제까지 살래
>

나의 하느님과 너의 하느님도 모르는 세상의 밤에
너를 내다 버리면, 버린다면 큰 장마가 지겠다

2부

너의 조금

너는 살며시 와 깊어진, 나의 모든 조금이라서
첫눈처럼 숫눈처럼 가만히 너의 조금을 들이고 싶네

너의 조금으로 나의 모두가 술렁이는 세계의 조금

너의 손톱과 입술과 속눈썹과 먼 곳 바라보는 표정

네가 와서 손끝 건드리고 간 노을의 조금 아래
쌀 안치고 채소를 씻고 조심히도 세상의 조금을 부르고
싶네

종아리가 가늘어서 나뭇가지가 바람에 떠는 듯이
너는 조금조금 오고 나는 조금조금 깊어지고

달의 조금이 손가락 걸어 첫 약속 하는 초사흗날처럼
조금의 하늘과 조금의 마음, 조금의 사람과 조금의 눈길

그 조금인 이 세계의 설핏한 모두

이불이 익어간다

이불이 익어서 사람 냄새가 나면
도망갈 곳 없는 사내도 잠잠히 몸 누일 것이니

이 방은 우리가 살 부비며 자는, 세상에서 가장 깊고 말간
구멍

걱정도 여기엔 들지 말고 고난도 가책도 여기엔 들지 말고
우리 은밀한 잠잘 때

부드러운 잠의 정령들만 곤하게 다녀가시라

곱게 익은 이불 위에 당신이 자고
이 냄새로 평화로운 나라가 생겨난다

먼 곳 생각할 까닭 없이, 사람으로 온전한 천국이 될 때

여린 단꿈 나눠주러
배 위로 슬쩍, 올라오는 당신의 다리 하나
>

세상 별것 없다는 듯, 이 방에 마음이나 두고 살라는 듯

이불이 익는 밤, 살비듬 조용히 떨어져서 모르는 용서를
얻는 밤

고해하기 좋다

남자는 겨울 뱀띠고 여자는 여름 뱀띠이다 둘은 아흐레째 잠을 자고 있다

먹지 않으면 졸음이 온다고 지식백과에는 쓰여 있다

커튼을 닫고 창문을 조금 열어둔 사이, 봄이 와서 아지랑이가 올라오고 사내가 아 봄이로군, 하면 여자는 한참 뒤에 깨어나 아 겨울이 갔군, 하고 다시 이불 속으로 파고든다

깨어보면 후회들 다 사라지는 그런 잠이 있었으면 좋겠어, 여자가 말했고 그건 대문을 걸어 닫고 살구나무 아래 한 이틀을 묵어보면 가능한 일일지도 모르지, 라고 사내는 대답했다

잠은 그렇게 시작되어 아흐레가 된다, 꿈속은 살구나무 있는 곳 살구나무 아래 살구나무는 그 일에 대해 고해하기 좋다

불 끄고 살면, 어디서 누가 자고 있는지 아무도 모르고 둘

은 꿈에서 살구나무 같은 살구나무를 보았다

　닫힌 푸른 대문 속 앞마당에 흰 꽃들이 날리고, 혼자와 혼자가 한 평 마루 위에 앉아 있다 부드러운 적요란 이런 것, 무서운 적막과 바꿀 수 있는 잎이 흔들린다

　뱀띠인 사내와 여자는 기분이 좋아진다, 깨어나지 않아도 좋겠군, 고스란한 고요야, 고스란한 고요

　기도 같은 잠이 계속되고 살구나무 아래에선 그 일에 대해 고해하기 좋다, 처음과 마지막에 대해 고백하기 좋다 후두둑, 살구나무 위 살구들이, 살구 같은 살구들이 떨어진다

　자고 일어나면 세상이 다정해져 있을지 모른다고 지식백과에는 쓰여 있다

해변과 사슬과 머리

　귀신을 본다는 사람처럼 사내는 이제 사슬을 끌고 다니는 사람들을 볼 수 있다

　발목에 치렁치렁한 쇠를 묶고 고개를 수그린 사람들 잠시 쉬어가는 곳, 말똥말똥한 돌들을 건져 달아보는 부두에 갈 수 있다

　고리와 고리가 이어져 해안처럼 길어지고 사슬을 끌고 다니다가 사슬의 철피를 뜯고 있는 노부부를 바라볼 수 있다

　저들도 이제는 둘이 남았고, 가끔은 저 사슬 위에 미안하고 부드러운 지상의 풀 하나 돋을 때 있다

　'여기 살까, 살아서 사슬에 어린 물을 빨고 쇠 깊이 뿌리를 박은 채 사슬이 끊어질 때까지 앉아 있을까'

　사내는 이제 꿈을 꾸다 검객들과 싸우고 뎅겅 잘려버린 제 머리를 볼 수 있다
　　>

목이 잘리고도 꿈은 안 끝나고 여자가 굴러간 얼굴을 들고 와서 당신 머리야, 당신이 자른 당신의 머리야, 하고 희미한 눈동자를 보여주는, 악몽을 꿀 수 있다

제 잘린 머리들을 줄에 꿰어 끌고 헤매다 꿈에서 돌아오면, 식은땀 닦아주는 여자를 만날 수 있다

사내도 이제는 혼자가 아니고, 간혹 저 머리통들 위에 꽃 피는 날을 멀거니 기다리는 해안에 산다

'여기 살까, 살아서 오는 해풍을 맞고 악몽 속의 악몽이 좋은 꿈 되기까지 물들어 버릴까'

시간이 길어질수록 무거워지는 줄들, 그걸 끊으면 훨훨 날아갈 수 있을 텐데

사람은 그걸 문지르고 기억하며 앓다가 긴 줄을 풀어 낡은 배를 땅에 묶곤 한다

뜻밖에도 나비는 날아와서

한 여자는 이 시대의 사랑*을
한 남자는 기억의 집*을 읽고 있다

남부의 한 신경정신과 대기실에서, 한 시인이 쓴 두 시집이
우연히 만나고 있다

마음 다친 사람들 있는 곳에 날아온 나비는 두 마리
일천구백팔십일 년 초판과 일천구백팔십구 년 초판은 모
두 날개가 젖어 있다

여자가 지닌 시집은 희박한 서정일 때, 남자가 지닌 시집
은 그저 신음일 때
한 사람이 정신에 고인 물을 묻혀 세상의 구석방에서 쓴
것이다

어떤 것이 더 슬플까, 남자는 속으로 여자의 시집을 외고
어떤 것이 더 적막할까, 여자는 남자의 시집을 속으로 중
얼거려 본다
    >

간호사가 작게라도 제 이름을 불러주길 기다리며

나비는 두 마리, 한 데 있는 것이 처음부터 있었던 일 같다

병원 문을 나서며, 아직은 적멸이 아닌 둘이 가볍게 눈을
맞추고

뜻밖에도 사랑은 어려운 곳에서 그렇게 시작되기도 한다

* 『이 시대의 사랑』은 1981년 출간된 최승자 시인의 시집이다.
* 『기억의 집』은 역시 1989년 출간된 최승자 시인의 시집이다.

신경정신과 앞에 사랑하는 둘이 있다

그는 정신을 앓고 있고 그녀는 병을 앓는 그를 앓고 있다

정신과 의사는 요즘 어때요, 라고 묻고 그는 전과 같습니다, 라고 대답한다

한 달 치 항불안제가 처방되고 둘은 정신과 앞 커피 스미스에서 뜨거운 티를 마신다

왜 정신이 아파요, 그녀가 조용히 묻고

내가 일부러 정신을 괴롭혔어요, 라고 그는 담담히 대답한다

정신을 놓쳐도 당신을 해치지는 않겠어요, 라고 그가 다짐하고

아니라는 걸 난 이미 알아요, 라고 그녀가 대답한다

그는 그가 저질렀던 죄에 대해 털어놓는다 그녀는 그녀가 저질렀던 죄에 대해 털어놓는다

때로는 양심이 사람을 크게 병들게 하죠, 라고 그가 말하고

나도 모르게 아파요, 라고 그녀는 대답한다

>

정신과 앞 남자와 여자는 어지럽고, 둘은 무슨 말을 하고 있는지 도무지 알 수 없다

앓고 있는 그는 아무것도 믿지 않고 오직 지친 여자의 허물어진 마음만을 믿는다

우울한 그녀는 아무도 믿지 않고 정신을 헤매는 남자의 불안한 마음만을 믿는다

어린 사람에게

가려운 곳에서 피가 흐르면 시원해 고독했구나, 붉은 피야

모기는 어떻게 핏줄의 한가운데 제 주둥이를 꽂았을까
잔뜩 먹이고 터뜨리던 재미, 그래선 안 되지만

긁다가 굳은 딱지를 떼면서 해안의 어린 여자는 자고
직장엘 가고, 돈을 벌고, 너무 많은 시험을 당하고

어느 날 여기가 한 노인의 꿈이라면 나는 뭐지, 라고 묻는다
어느 날 한 노인의 꿈이라면 왜 이렇게 지독하지, 라고 쓴다

그러나 바닷가 어린 사람아, 의문은 신성모독이 아닐 거야

골목이 목마르고 배고픈 까닭, 그건 노인의 꿈에서 찾을
수 없지

차라리 공화국에서 무기를 팔고 경전을 제 뜻대로 해석
하고
사랑은 결국 지워버린 자들이 답해야 할 몫
>

애곡하는 자에게 훗날 복 있으리 시가 있으리

세상에서 자기 하나만 지워버리면 세계가 평화롭고
고통도 없이 자유롭다는 그 말까지는 거기까지는

내 어린 사람아, 외로움까지 너의 죄는 아닐 텐데

의문이 깊은 밤 모기는 벽에 말라붙어 있고 저건 피의 결말
어떤 미래가 주는 우연의 결말

벽이 벽을 벅벅 긁고 있다 피가 새는 벽이 벽을

측백의 저녁

측백나무 사진을 얻어다 거실에 내려놓으면
측백이라는 말의 푸른 그늘로 저녁이 열리겠지

밤만 갖고 사는 어두운 집, 아프지 말라고 측백을 들여놓고
숲의 향이 나는 나뭇잎을 당신의 이마에 얹어놓겠네

나무들 무성한 곳으로 나가자고 이제는 보챌 수 있도록

어둠은 측백나무 그늘이 슬며시 데려가고
저녁이 오면, 비로소 살 만한 빛 하나 얻을 수 있겠지

선한 그늘 아래 놓여 무릎을 펴고 쉬어보며
뭇별 오는 길에 앉아 있는 것도 빛의 조금을 얻어보는 일

깜깜한 사람을 석양으로 데리고 나가, 밖을 보여주겠네

그늘처럼 선선한 삶이 조금씩 조금씩 어둠을 밀고

아픈 사람, 측백나무 그늘 아래 저녁을 슬쩍 만나볼 수 있도록

엷은 그림자 하나 측백에 들어 오래도록 지워지지 않도록

뒤척이는 당신의 등을 쓸며

잠을 부르기 위해 여자의 등을 쓸어주며

나는 오래전 죽은 당신의 어머니가
뒤척이는 어린 것을 다독이던 태고의 손이 될 수 있다

어깻죽지부터 허리까지 불안을 비로 다 쓸어내리듯이

너의 등을 쓸어주는 일이
내가 살아오는 동안 해왔던 가장 선한 일 같다

세상에 어느 마당이든 그곳을 조심히 쓸고 있는 사람은
낙엽 하나까지 달래어
빈 곳 언저리로 슬며시 밀어두는, 부드러운 마음을 지녔다

세상은 등을 쓸 듯 사는 것이라고
겨우 잠든 여자의 등이 조용히 속삭이는 것 같은데

아무것도 해칠 수 없는 손이 되어 보는 밤

등을 쓸며, 문득 나는 내 안까지 쓸어내 텅 비어버린
마당이 되어 있는 것만 같다

다시 구름이 어린다

비가 내려 비가 내려

독감에 아프던 여자와 동행한 대학병원 응급실 한쪽에서
큰 병을 앓는 한 사람이 이게 뭐야, 이게 뭐야, 라고 흐느끼
던 그 소리처럼 비가 내리네

그 큰 방에 있던 사람들 조용해지고 링거병에 매달려 혼곤
해지면
예전에도 여러 번 여기에 와본 것처럼, 이 막막함은 다 지
나갔다가 다시 와 익숙한 것들

그때나 지금이나 마음은 허공을 발버둥 치면서 꽤나 길고
겁나는 항해의 돛을 올렸지

처음부터 길게 살 생각이 없었던 우리는
처음부터 쉽게 죽을 생각이 없었던 우리는
불을 훔쳐왔다는 프로메테우스처럼 시간을 훔쳐다 주머
니에 깊이 넣어두었네
    >

나와 당신이 바라보면 시간이 고여, 눈동자에 이마에 인중에 눈가의 주름에
　서로 가지고 온 시간을 느끼면서 이 푸른 별에 앉아 있는 거지

　링거액이 똑, 똑 떨어질 때 이 큰 방에서 사람들은 모두 아프고
　그 시간이 다 떨어져 방을 나가는 침대를, 다시 시간을 가지러 돌아갈 막막한 세계를 경배하지

　예전에도 한 번 가본 것처럼 익숙한 적막을, 뒤를 흘리고 가는 시간을 따라가며
　비가 내려 비가 내려, 바람이 불고 다시 구름이 어리네

낙원이 쏟아진다

물 지나면 진창과 진창과 진창들, 그리고 낙원 찾기
이 반복이 삶이라고 여자는 담담히 스케치북에 적는다

화가는 시인보다 시적이로군, 사내는 말한다 그리고

낙원이 쏟아진다 낙원이 쏟아지지 않는다
낙원이 쏟아진다 낙원이 쏟아지지 않는다
아카시 잎으로 점을 치듯 그는 무수히 쓴다 쓸 수 있을 때
까지

한 줄을 쓰면 한 줄을 부정하고, 한 줄을 또 쓰면 한 줄을
부정하고 싶은
백발이 되어 잊어버릴 노트의 문장이 무엇으로 끝나 있을
지 아직 모른다

고통이 너무 어렵고 너무 흔해, 오늘 너의 입술은 물감 같
구나, 사내는 이 문장이 흡족하다

끝난다 끝나지 않는다 끝난다 끝나지 않는다

끝난다 끝나지 않는다 끝난다 끝나지 않는다

이파리가 다 떨어질 즘이면 점치는 일도 무료해질 테지만 그러나 끝은 난다

정해진 답을 말로 흐리는 것이 시고 색으로 덮어주는 게 그림이지, 사내는 이 문장이 흡족하지 않다

시인은 화가보다 더 암울하군, 여자는 말한다 그리고

낙원이 쏟아진다 낙원이 쏟아지지 않는다
낙원이 쏟아진다 낙원이 쏟아지지 않는다
아카시 잎을 그녀가 뜯어준다 뜯을 수 있을 때까지

물 지나면 진창과 진창과 진창들, 그리고 낙원 찾기
어쩌면 이 반복이 삶은 아니라고 사내는 무심히 수첩에 적는다

골똘한 안경

책장 위에 망가진 안경 하나가 처량한 눈알을 하고 있다

한때 저 안에 들어가서 보았던, 한 여자도 있었고
책을 읽으며 얻었던 골몰의 골몰도 가끔은 있었고

날아오는 주먹을 피하고 쏟아지는 비를 맞고 추적추적 걷
다 멈춰보던, 사람의 집 라일락도 있었다

안경은 안경만의 일과 안경만의 힘을 품고 있어서

테가 부러진 그것을 나무 밑이나 놀이터에 놓아보고
태풍이 지나간 후 맑아진 바닷가에도 놓아보면

안경은 안경의 눈으로, 골똘의 골똘로 제 너머를 내다본다

아침에 일어나 보면 화장대 위에서 저를 부러뜨린
사내를 멀끔히 보며, 사람인 것처럼 그렁그렁하기도 한데

서로 보고 지나친 것들 많으니, 떠나보낸 것들 많으니

저 안으로 들어가면 돌아오지 못하는 과거가 될 수 있겠다

안경의 눈물을 읽는, 황량한 눈알 두 개가 될 수도 있겠다

슬픔이라는 빌미

빌미라는 낱말이 낯설어서 밤에 사전을 폈다

무엇의 꼬리 같은 이 말을 탐구하기 위해
이리저리 책장을 넘기다가, 근원 없이 어지러운 우리말이
라는 걸
말의 촉각이 닿을 수 없는 오래된 말이라는 걸 알고는

알 듯 모르는 모든 말의 꼬리에 실을 매달아 보내고 싶었다

빌미라니, 한 생의 꼬리를 감추고 숨어버린 신의 머리카락
쯤 되려나

겨누고 싶지만 빗나가는 말의 화살이 있다면, 저 빌미쯤
되겠지만

당신 없는 오후에 사전을 뒤적인 것은 빌미라는 말이 궁금
해서가 아니라
한 슬픔이 또 한바탕 오려던 찰나, 이 슬픔의 빌미가 된 것
은 무엇인지
　＞

발꿈치를 들고 숨어버린, 세상의 어느 조용한 시간에게
잠시 따져 묻고 싶었기 때문이다

눈동자의 안부

바닷가 바윗돌에 누군가 힘껏 던지고 간 참이슬, 처음처럼, 좋은데이라는 이름의 깨진 소주병들

날카로운 칼날들이 바다로 흘러가서 병목도 안 남기고 부드러운 유리 자갈이 되어 돌아왔다

산산조각난 소주병이 가진 비장함도 물에 쓸려갔다 돌아오면 이렇게 눈동자처럼 둥글어지는지

바닷가 동행한 시인이 그걸 주워 만져보며, 시 한 수 데려갔다고 적는 오후가 생겨났다

누군가의 선하고 푸른 눈동자 얘기를 하던 밤바다 어디쯤에서도 몽당한 유리 자갈들이 주머니 속에서 같이 소주를 마셨다

몰래 주머니에 손을 넣고 그걸 굴려보며 나는 오래전, 내가 깨뜨린 소주병들의 안부가 궁금했다

>

눈이 착한 사람은 잘 돌아가셨나

쓰러뜨린 소주 스무 병을 숙취로 안고 살다가 인연도 둥글어져 다시 만나면

그날 해변에서 서로 만져보던 유리 자갈의 서러운 곡선을, 눈동자의 안부를 조용히 이야기할 날이 있을 거라 믿었다

밤바다 건너 무량하다는 말

무량하다는 말은 어디까지 흘러가 잦아드는 말인지

이 말은 길어져, 사람이 물을 건너가 멀리 산다는 뜻 같기도 하다

이 말을 하늘이 받아주지 않으면, 사람은 아득해 어떻게 사나

여기 울고 있는 사람들이 길을 밀어, 큰 바다가 물을 열고
무량하다는 말이 무량무량하게도 자라서 없는 길 이어주는데

말이 있으니 말이 가진 것도 있겠지, 슬픔만 있어야 쓰겠나

밤바다 건너에 절벽이 아니라 불 밝힌 마을이 있듯이

삶을 건너가는 사람이 소맷자락 붙들고 가야 할 곳 있어
무량은 무량무량하게 자라 아직 여기에 물을 대고 있는지 모른다

>

내가 공중에 손 뻗으면 저 건너 맞은편에 당신이 앉아 있고
거기서 보면 여기도 무량한 곳이겠지, 말로 다리를 놓아
서로 아는 곳이겠지

어디까지 흘러가서 잦아드는 곳인지, 무량이라는 곳은

회고적 가을

떠난 사람은 내게서 무언가를 본 사람, 떠나지 않은 사람은 무언가를 보고도 견디는 사람이고

시월, 단풍 든 해안마을에 푸르스름한 냄새가 난다

이 말의 냄새는 가을이 왔다는 것이 아니라 가을이 가고 있다는, 회의적이고 회고적인 말의 날씨

자신을 달래기 위해 한 생을 써버린 사람들이 붉은 단풍나무 아래를 걸으며 낙엽을 줍고 있다

계절이 세상에서 무엇을 보고 견디다가 또 겨울로 접어들고

겨울이 와도 떠날 사람은 떠날 사람, 떠나지 않을 사람은 떠나지 않을 사람이니

봄이 오면 누구든 다시 한 번 새로운 생을 시작해 볼 수 있으리

>

그러니 떠난 사람, 떠나왔던 사람을 문득
거리에서 마주친다면, 그래도 멋쩍게 인사를 하리

어떤가요, 봄날은 잘 되어갑니까

난투극은 아름다워

비 오는 날 난투극은 너무나 아름다워

주먹을 날렸는데 상대가 나동그라지지 않다니
영화 같지 않은 엉성하고 현실적인 싸움

그래도 비가 내리고 비에 옷이 다 젖고 이 개새끼야, 라는
소리

빗소리 적적한 여기까지 들려서 난투극은 너무나 아름
답네

영화 같지 않은 싸움은 서로 엉겨 구르고 목을 조르고
놔, 놔, 놓으라고, 새끼야, 이런 소리도 지르면서 골목에서
발버둥 치고 있네

단둘이 싸우는데 폭우가 내리고 단둘이 비를 맞고 있는
골목

입가에 흐르는 피가, 무릎에 흐르는 피가 비에 씻기고

가드도 없이 사내 둘은 서 있기만 하네

씩씩거리다가 지쳐서 집으로 돌아가고 싶을 때
싸우던 사내들은 서로 노려보다가
한 사람이 눈을 내릴 때까지 노려보다 서로 풀 죽으면
그제야 폭우를 느끼며 집으로 돌아가겠지

걱정은 마 서로 깨끗이 헤어졌으니, 아무 일도 일어나지 않
을 내일
잘 싸웠어, 폭우 속에서 서로 시원하게 주먹을 날리는

비 오는 날, 아름다운 난투극의 아름다운 소리를 누군가
들었으니까

골몰과 골몰이 불행히도

사우나 수면실에서 누군가의 손길에 깨어났다
머리가 검은 어린 남학생이었다

깨어나 도망가려는 그를 뒤쫓아가 덜미를 잡았다

뭐 이런 경우가 다 있나, 고소하겠어, 나는 소리쳤다

제발, 경찰에는 신고하지 말라며 남학생은 빌고
나는 뺨을 한 대 올릴까 하다 수치를 누르며 그의 말을 듣
기 시작했다

태어났는데 사랑할 일이 없다고 그는 애원했다

내가 생각으로 저질렀던 수많은 여인들이 떠올랐으나
냉정하였으므로, 반성문과 이름과 주소를 쓰게 했다

다시는 강제로 추행하지 않겠습니다 다시는 동의 없이 다
가가지 않겠습니다
    >

가엾은 청춘이며 욕망이라고, 가볍게 용서를 해준 건 아닌지 모르지만

가끔은 어떻게 이 흉한 것에 골몰할 수 있나요, 혼자 묻고
이 흉한 것이 내 여인을 사랑하는데 뭐가 흉한가요, 흉한
연애가 어디 있나요, 혼자 대답하고

가엽고 가벼운 욕망이 한 생을 스스로 도리질하며 질기게
도 걸어가고 있음을
내게도 음모가 무성한 여인 생각에 진저리치는 날이 있음을

생각하는, 도무지 해답을 모르는 세계의 글 쓰는 밤도 오
곤 한다

악의 조금

너무 선해진 날에는 기둥 하나가 뽑혀나간 집이 되니
악을 조금 데려다 살아야지

선한 것들의 거처에는 사람이 자주 들지 않으니
마음을 흐려줄 악이 조금 필요하고

새끼 앞에 선 개에게 이빨을 드러낸 어미 고양이처럼 악이
필요하고

그 먼 옛날 악까지 데려다 골목을 채워야지

하늘이 흐리다 구름이 온다 저것은 깨끗한 하늘에
조금의 악이 오는 것

선한 물, 선한 바람 아래 더러워진 발 담근 자신이
이 세상 조금의 악이 되고, 악의 조금이 되어 살 일을 채우
는 것

그러니, 조금의 악이 있는 당신에게만 가서
악의 조금이 있는 당신에게만 흐려지려고 했다

3부

부두에서 보낸 한 철

내가 저녁에 불던 피리 속으로 피를 흘려준다

저녁은 빈혈을 앓는 자들의 것인지

초저녁 별들이 노을을 받아먹고 간신히 빛나면
등어리가 정어리를 닮아가는 어부들이 멀미를 앓고 있다

그들은 바다에 그물을 치고 돌아와 하염없이 바다를 바라
보고
나는 마을을 쏘다니다 돌아와 하늘이나 둘러본다

여기 밤바다에서 하루를 보낸 사람은 한 번쯤

지구 위에서 찰랑거리고 있는 마을에 대해 생각하고
남해 민박집, 사람이 견뎌야 할 밤이 멀다고 낙서한다

여수의 자정이 부에노스아이레스의 정오라는 거 알아요?

또요가 씨양씨양 운다*는 말이 음악처럼 들려요
>

이 생이 어딘가를 두웅실 떠가는 선박의 침실 같군요

밤바다에 불 들어온 어촌이 위태위태하게 출렁이고 있고
내가 닿을 수 있는 것은 고작 여기 부두의 비리고 삭은 내

물고기처럼 말라서 어촌의 몸이 해풍이 되어가고
낯모르는 외롭고 고운 아이가 놀던 방파제를 서성였던 저
녁이나 생각한다

남해의 어둑이 바다를 닮아가고

세상의 바람들은 모두 여기로 도망 와 수취인불명으로 발
송인불명으로 펄럭, 펄럭이는데

고독을 고적으로 바꾸기 위해 떠도는 은밀한 자나 되어
부두에서 한철을 나고, 어디에든 속하지 않을 것

가끔 자기 아닌 자기를
알리는 편지나 쓰고
>

부에노스아이레스의 자정에 깨어나, 내가 만져볼 수 있는
붉은 해초들이나 오래도록 쓰다듬고 있을 터이다

* 백석의 산문 「東海」 중에서

비밀의 비밀처럼

목련이 지는 아주 짧은 생일지라도 사랑은 사랑으로 피어
났다

거기, 내가 비파를 켜면 달 뜨는 모래톱이 바람을 켜고
또 한 바다 너머 비파반도가 있다는 황해도 쪽으로 개밥
바라기별, 적적한 뭇별들 밤을 켰다

엉덩이를 까고 우리가 처음 사랑했을 때처럼 달은
환한 봉우리를 켰고 계절이 다 가버리도록, 그대를 기다려
나는 찬 우물을 켰다

물개 떼들이 야옹거리는 소리 들리는, 염소 떼가 구름염소
가 되고
나뭇가지들이 저녁에 황금가지가 되는 그곳에서 나는 기
억을 흐리고 불을 켰다

섬을 돌다가는, 이 섬에선 낮배도 타고 밤배도 탄다는 아
낙들의 말에
웃었다 산수유꽃처럼 웃던 당신을 떠올렸다
>

목련이 지는 아주 짧은 생일지라도 당신을 위해서라면 그
무엇도 바꿀 수 있었다

비파곶 하늘에 일곱 개의 비파가 떠오른다는 물목이 되고
싶었다

나를 향해 무엇도 쏟아지지 않는 이 나라에도 빛은 오고
너를 향해 무엇도 쏟아질 것 없는 세상에도 별은 있고

나무가 버린 목련의 한 잎, 두 잎처럼
무심한 이 세계를 둘만의 바다로 삼고, 비밀의 비밀이 되
고 싶었다

왜 밤이어야 하는지는 모르지만

환영을 본 건 밤이었다 왜 밤이어야 하는지는 모르지만
밤이었고, 거실 등만 켜진 소리 없는 밤이었고

그럴 때만 헛것은 정직하게 와 자기를 보여주고 간다

처음 환영은 문장으로 왔다 외로워서 좋아하던 시집을 읽
는데

편애하던 문장들 있던 자리에 다른 문장 적혀 있고
다행이라는 단어의 자리에 어둡다는 단어가 있어 무서웠
던 밤이었다

내가 어디 너머로 와서 돌아갈 수 없다는 생각에 떨던 밤
이었다

겁먹은 것을 다독이던 당신의 손이 천사인 것 같았던

눈물만은 왜 헛것이 되지 않는지 애써 묻지 않던 날에도
손이 하나 내 곁에 있어 죽을 수 없었던, 살 만한 밤이 있었다
>

두 번째 환영은 얼굴로 왔다 적적해서 앨범 펼쳐 보는데

같이 있던 사람들 어디 가고 나만 덩그러니 서 있는
나무가 무성했던 자리에 물이 있던, 두려운 밤이었다

침실의 불을 켜니 당신은 아직 자고 있고
잔잔한 숨만은 그대로 있는 이상한 밤이 있었다, 깊은 물
속같이

내가 꼭 하나 원하는 것 있다면, 자기 자신도 못 이기는 척
들어줄 것 있다면
모든 문자가 불타 사라져도 남아 있을, 마음이라는 철없
는 단어

그리하여 나는 터벅터벅 걸어간다 그리하여 나는 터벅터
벅 시를 섬긴다

사랑, 이라는 말이 있다

꿈마다 만나는 은밀한 여자가 있다

어젯밤엔 툽, 이라는 이상한 열매를 주었고 오이보다 달고 참외보다는 달지 않은 외였다

외의 움푹한 씨방 쪽을 베어 먹다가 점점 가를 씹으니 닭고기 맛이 나는 외였다

여자는 누구인데 아름답고 툽, 이라는 외를 먹으며 웃고 있나

뱀 한 마리 스르륵 지나가는 풀밭에 누워서

열매 맛은 닭고기 맛, 여자가 꼰 다리 사이의 무수한 슬픔들을 추억한다

꿈 밖에서는 착하기만 한 당신이 자고 있는데, 아무도 우리를 부르지 않는다

>

이 방과 꿈 사이의 거리는 나와 거울 속 나 사이의 거리

잠든 당신의 이마를 짚어주고 헛것인 거울 속은 어두워지
기로 한다

거울의 눈물샘이 어룽인다 꿈마다 만나는 여자가 있다

포구의 방안에 파도가 친다

추방된 자들의 몫으로 해변 하나 가지고, 기다려 본다
검은 책을 펼친다 사랑, 이라는 말이 있다

아가미

천 년 내내 비가 내려 이 도시 사람들은 모두 아가미가 되어 있다

십이 층 아파트를 헤엄쳐 올라갔다 자고 나와 해초를 뜯어 먹고, 가장 공중에 소변을 보고 밖으로 나간다 일도 없는데

나가서 뻐끔거리다가 돌아와 물 먹은 텔레비전을 재미삼아 통통 쳐보고는 오래전 포유류가 써놓은 책이나 읽는다

그때는 뒹구는 돌도 있고 구두라는 것도 있었군
　　페루라는 나라도, 새라는 생물도 살았군
비단뱀이 된 친구도 있었군 그래
　　그런데 흐린 주점이란 곳은 난해한 장소야 안 그래?

턴테이블을 손으로 돌려보면 레코드판이 간직했던 먼지들이 떠오른다 귀한 거야, 음악이라는 거, 누군가 뻐끔거린다

말 때문에 신이 세상을 물바다로 만들었다는 얘기나 되뇌면서 아가미들은 물속에 살다가 예전처럼 죽어간다
　>

손발이 지느러미가 되면 새 세상이 열릴 것, 이라는 계시를 받아 적은 책 한 권이 도시 중앙도서관에 있다 도서관에선 메기를 닮은 영감이 책을 지키며 산다는데

점점 퇴화하는 손발에 물갈퀴가 돋고 백 년 후엔 비늘이 생긴다고 하니 조금만 더 기다려 봐

아가미들은 아가미들끼리 눈을 맞추고 산란한 물 위로 갔다가 물 아래서 천 년 묵은 지폐를 찢으며 논다

어린 아가미들과 늙은 아가미들은 이제 쏜살같이 물을 달리는 법을 알고 등 푸른 생선이 되는 법도 안다

말이 없으니 생각이 희미해지곤 하는군
　　　그래도 오늘은 열목어 떼가 아름답구나
말이 있었을 때도 아름다운 것은 아름다웠겠지

아가미, 아가미, 하면 돌쟁이의 옹알이 같지만 손발이 지느러미가 되길 기다리는 말 없는 아가미들의 물바다
　>

옆집 아가미에게 입을 크게 벌리고 뻐끔거린 것이 뒷집 아가미가 저지른 오늘의 죄, 용서받지 못한 죄는 죄가 되지 않고 용서하지 못한 죄만 죄가 되는 물바다 아가미들의 세계

아직 물바다가 아닌 땅이 있다는 데
그곳이 시온일까
천 년이 흘러 포유류들은 평화를 가졌을까
그리로 갈까, 손발이 지느러미가 되기 전에

말 없는 아가미가 되어서 물세례를 피한 땅에 올라갈지, 손발이 지느러미가 될 때까지 기다릴지 고민하며 아가미들은 아가미들끼리 긴 세계를 지난다

아가미 하나가 다시 턴테이블을 돌린다 귀한 거야, 음악이라는 거, 아름다운 먼지가 떠간다

턴테이블 옆엔 레너드 코헨, 밥 딜런, 로드 맥퀸, 스콜피언스, 비지스, 에냐의 레코드판
      >

그리고 천 년 전 이 레코드판을 즐겨 들었을 한 남자와 한
여자의 웃고 있는 사진

나는 지금 부에노스아이레스로 간다

나는 지금 부에노스아이레스로 간다 지구 건너편 시간으로

이 저녁은 유의미하고 무의미하지만 허무주의자들에게도
의미는 있으니까 의미란 말은 빼고 스콜피언스나 들으면서

그가 나를 때렸다 나는 지지 않고 그를 때렸다 그는 욕했
다 나는 지지 않고 욕을 했다 그리고 법원의 벌금 명령, 그런
건 사소하지만

지금 나는 지구 건너편의 흰 사원으로 간다

이 저녁엔 장마가 와서 좋군, 멀리 보이는 공항 비행기의
꼬리에 내리는 비

돌아오질 않을 편도 비행권으로 아르헨티나 항공을 타고서
막막한 도시에서 막막해져 여기를 버릴 수 있도록, 간다

그는 굴뚝에 올랐다 나는 그를 지지했다 경찰들이 욕을
했다 나도 욕을 했다 방망이에 맞아 어깨가 부어올랐다 그

리고 법원의 출두 명령, 그런 건 사소하지만

너무 아픈데 떠나지 못하는 사람들을 배웅하면서, 나는 지금 부에노스아이레스로 간다

통닭을 뜯으면서 한때 당신이 내게 했던 말, 고원에 가서 공기가 될까

서른 명이 죽었다 한 명이 죽고 두 명이 죽고 세 명이 죽고 결국 서른 명이 죽고 울부짖는 소리, 법원은 그 죽음에 아무 말 없었다, 그런 건 사소해선 안 되지만

나라가 없는 나라로 가야 하는데, 그건 없으니까

혁명 시인의 눈물을 뒤로 하고, 이럴 땐 망명이 좋으니까 망명하지 못하는 스승을 등 뒤에 두고

부에노스아이레스로 갑니까, 승무원이 물으면 대답할 것이다

부에노스아이레스가 없는 부에노스아이레스로 갑니다
부에노스아이레스가 없는 부에노스아이레스가 있습니까
부에노스아이레스가 없는 부에노스아이레스는 있고 부에
노스아이레스는 없습니다

실패한 자는 떠날 수 없다고, 망명은 패배라고 누군가 가
르쳤지만
백만 명이 망명할 때까지, 나는 떠난다

아바나에 들러 친구를 보고 서울의 애인에게 편지할 것이
다 난 패배하지 않고 잘 있습니다

무국적자의 국적으로, 국적자의 무국적으로, 지구 건너편
의 스콜피언스나 들으면서, 멀리 보이는 비행기의 흰 날개 위
에서

살다가 못 견디겠으면 서둘러 돌아갈 테지만, 잘 있습니다

야비는 미

얼굴을 보면 굴을 파고 싶어진다 굴을 파 얼굴을 보고 싶다
굴이란 깊고 깊어 들어가서 빠져나오지 못한 우글우글들
이 산다

매음굴이나 뱀굴이나 도적굴같이 모리배들이 아름답게
사는 소굴
파보면, 얼마나 많은 암흑들이 모여 행복하게 살고 있을까

공돈의 출처를 묻어놓은 방 중상모략을 꿈꾸는 방
음흉을 선의로 속여보는 방들이 숨어 있다

굴이 깊을수록 비리는 오묘해지고 그들도 여기서는 야비
를 미로 바꾼다

교활과 교활이 뿌옇게 타올라 희로애락이 뒤섞이면 점점
깊어지는 속, 굴속에 숨겨둔 굴이 우글우글해진다

여기서는 선한 자와 악한 자가 한통속, 걱정과 기대가 한
통속, 노여운 자가 겁먹은 자를 달래고, 공포가 기쁨을 잡아

먹고 굴을 파고 굴을 숨기는 놀이가 있다

　여기서는 사랑도 암흑, 누구도 사랑의 진의를 모른다

　피 묻은 돈을 얻어와 건물을 짓고 아기가 자라고
　굴속에서 수백 년간 부와 힘을 찬미했으니
　매혹과 욕망, 계략과 계획, 인자와 위선이 모두 한통속

　악한은 악이 드러날 때만 허리를 숙이고, 뒤돌아서서 선과
악의 뻔함에 대해 얘기하곤 한다

　너희가 숨긴 굴을 내가 아니 그것은 굴 아닌가
　나보다 더한 악한을 내가 알지만 밀고하지는 않으리라

　악한의 세계에서도 배신은 죄 중의 죄, 돌아갈 곳이 없으
니까
　서로를 달래는 밤, 그 앞에서 당신의 사랑도 사랑일 거라
고 말을 흐리고 돌아와
　야비는 미, 그리고 가렵지만 암흑도 사랑이라고 쓴다
　　＞

얼굴 속의 굴들이 한꺼번에 쏟아져 나온다
굴속에 모여 있던 굴들이 우글우글 우글우글 도시를 걸어
다닌다

오늘 밤, 선악과 교활과 야비와 미에 대해 생각한다 밤이
새도록 사랑이 대답하지 않는다

악한들도 사랑하는 여자 때문에 흐느끼는 날이 있다고
용서와 이해는 지금, 그리고
오랜 시간이 흘러 굴속에서 이뤄질 것이라고 검은 노트에
쓰고
만인의 상념들이 어룽이는 거울 속의 눈을 들여다본다

깊은 밤, 굴을 보면 얼굴을 파보고 싶은데, 자꾸 굴을 숨
기고 얼굴처럼 서 있다

폐가의 모스부호들

어디에나 있을 법한 그런 오래된 마을
우물같이 깊어져 잊혀진 마을

사는 것 같은 사람은 살지 않는 열두 채의 집엔 모두 폐공
가 딱지가 붙어 있다

이곳을 알게 된 건 떠돌 수 없을 만큼 떠돌았을 즈음, 사내
는 그런 마을이 있다는 말을 들었다, 그뿐이다

열흘째 이곳 어둠을 어슬렁거리자 가느다란 한 여자가 헛
것처럼 힘없이 흘러나왔다

난·여·기·숨·어·살·아·요(귀·신·처·럼)
어·서·돌·아·가·요(여·긴·없·는·곳)

사내는 형형한 눈빛을 무작정 뒤로하고 여자의 옆방에 계
속 살기로 한다

아무도 읽지 않는 시가 담긴, 헌책방의 먼지 붙은 책 같은

것, 누구도 모를 것이고 누구도 알려고 하지 않을지 모른다, 헛것이란 그런 것

　구해줘, 라는 말은 알아줘, 라는 말과 동의어였다고 하고 이 마을 바깥의 한 시인은 잊히는 것이 두렵다, 고 썼다고도 한다

　세계는 오래전부터 먼 미래에게 구해달라는 모스부호를 친다 구·해·줘·도·와·줘 혹은 바로 그 자신에게 내·가· 바·로·너·란·다, 라고

　그해, 죽은 날만 기록된 무거운 생몰연대(~2018. 9. 31. 인도네시아 쓰나미, 칠천백여 명 사망·실종)를 인류는 하나 더 갖게 되고 미래는 이 악몽을 다른 현실로 데려다 놓았을 수 있다고, 한 물리학자가 위로했을 뿐이다

　그럴 수도 있고 그럴 수도 없다는 걸, 귀신들은 안다

　폐가는 어둡다 감정이 없다
　＞

어떤 세계는 숫자가 아니라 언어로 이루어져 있다 그것이
사내의 가장 큰, 태·생·적 잘못이다 어·서·돌·아·가·요,
희부연 눈빛이 말했을 때 그가 안도한 까닭이었다

*

만난 지 첫 번째 밤이 지나자 여자가 사내에게 와서 말한다

여·기·서·살·고·싶·다·면·침·묵·해·요·문·을·한·
번·두·드·리·면·숨·으·라·는·뜻·두·번·두·드·리·
면·나·와·도·된·다·는·뜻

폐가의 여자가 좀처럼 말을 하지 않는 건, 말할 것이 없어서

그리고 가을 별자리를 보며 음악을 기억하는 일이 시작된
다 그중 사내가 좋아하는 것은 남쪽물고기자리, 기억하는
음악들이 모두 별자리에 녹아들었다는 걸, 사내는 곧 알게
된다
    >

별들에게 노래를 불러주면, 그 별 주위의 모든 별이 반짝인다는 것도

그럴 수도 있고 그럴 수도 없다는 걸, 이제 사내도 안다

한 달이 지나고 해지는 오후의 침묵을 깨는 한 번의 문 두드리는 소리가 온다 똑, 하고

폐가에서 숨죽인다 공무원들은 종종 시찰을 나온다

이곳에는 열두 채의 집이 있지 이 집들은 다 비어 있는데, 이 마을 사람들이 모두 떠나고 폐허가 된 이유를 전혀 알 수 없다는 거야, 모르지 누가 숨어 사는지도

열두 채의 가계가 사라진 건, 십여 년 전 마을에 큰 비가 왔을 때, 모두 어디론가 숨었는데 아직까지 모두 숨어 나오질 않는다고 공무원은 말했다

또 모르지, 서로 다 죽였는지, 반백의 사내가 그렇게 말하

고 뒤를 슬쩍 돌아보고 갔다

공무원들은 골짜기를 통해 산 밑으로 내려가고 똑똑, 두
번 문 두드리는 소리가 났다

그리고 이틀 후 다시 한 번 똑똑, 문 두드리는 소리가 났다
숨으라는 신호도 없었는데 똑똑, 나오라는 소리가

이번엔 흰밥과 간장을 들고 찾아온다 여자가 사내에게

같·이·먹·어·요·저·들·은·가·을·에·딱·한·번·와·
요·이·제·아·무·도·오·지·않·을·거·에·요

얼마나 여기서 살았어요

몰·라·요·겨·울·을·한·서·너·번·넘·긴·것·같·군·
요·사·람·이·온·건·당·신·이·처·음·사·람·을·피·
해·숨·었·는·데·사·람·이·그·리·워·지·기·도·해·요
　＞

당신 말고는 여기 아무도 없나요

여·기·에·는·아·무·도, 아·랫·마·을·폐·공·가·엔·
열·명·정·도·가·숨·어·살·죠, 이·곳·엔·오·지·않·
지·만·집·없·는·사·람·들·이·흘·러·드·는·거·죠,
그·마·을·에·사·람·이·산·다·는·걸·공·무·원·들·
도·알·아·요, 그·냥·내·버·려·두·는·거·죠

　여기선 무엇을 보나요 어·둠·을·보·고·있·죠
　무엇을 하며 사나요 어·둠·과·얘·기·를·하·죠
　당신과 얘기하는 나도 어둡겠군요, 밤·이·나·들·어·요

*

늦가을에는 바람 분다 숨어 있던 바람이, 가을에는 비가
온다 숨어 있던 비들이

십일월이 되자 폭우가 된다 밤에는 보이지 않는, 나귀의
발소리처럼 비는 오고 폐가의 이곳저곳이 소리를 낸다
　>

사내는 책을 태워 각목에 불을 피우고 사람들이 살다가 유령이 되었다는 방에서 아직도 남아 있는 꽃무늬 벽지를 본다

처음엔 아름다웠겠군, 그러니 끝도 찬란하겠지, 이런 무늬를 기억하며 건너가는 폭우 속이란, 모닥불에 비춰보는 장벽의 무늬 같아

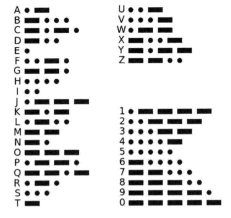

비 내리는 소리는 신이 지상에 보내는 신호라고 사내는
생각한 적 있다

  ‥   ‥‥   ‥—   —‥   —‥   ——   ———   —‥
  ‥   —   ‥‥‥   ‥   ‥—‥‥   ‥

저 빗소리들을 다 해독할 수 있다면, 지상에 내리는 고통
을 이해할 수 있었을 텐데

  ‥‥   ——   ‥‥, ‥‥   ——   ‥‥, ‥‥‥
  ‥   ‥—‥‥   ‥——‥, ‥‥‥   ‥   ‥—‥‥   ‥——‥

여자는 어느 날부터 사내에게 국문 모스부호를 배우기 시
작한다 한글을 떼는 어린아이의 심정으로, 침묵의 밤 침묵의
마을에서 부호로 된 언어를 배우며 비를 듣는다

1800년대 말의 국문 부호들을 한자 한자 발음하며, 돈쯔
돈돈, 돈돈쯔돈돈, 쯔돈돈돈, 돈돈돈쯔, 쯔쯔, 돈쯔쯔, 쯔쯔
돈, 쯔돈쯔, 돈쯔쯔돈, 쯔돈쯔돈, 쯔돈돈쯔, 쯔쯔돈돈, 쯔쯔

쯔, 돈쯔쯔쯔……

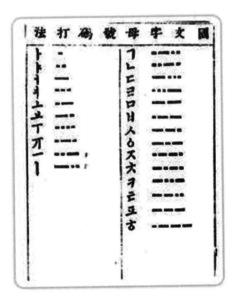

　　바닥을 두드리면 소리가 내린다 소리가 내리면 침묵의 침
묵으로 의미 없는 의미가 생겨난다

　　둘·이·라·는·느·낌·은·오·랜·만·이·에·요 둘이라
도 의미 없는 건 같아요

둘·이·있·어·서·덜·외·로·운·것·같·아·요 둘이라도
죽은 듯한 것은 같아요

둘은 밤마다 헤어져 벽을 사이에 두고 손가락과 손바닥으
로 번갈아 모스부호를 치기 시작한다 하릴없으니까, 소리 없
는 밤 소리가 나니까

여·긴·어·딜·까·요 폐·가·속·이·잖·아·요

내·가·있·는·걸·까·요 당·신·은·여·기·있·어·요

밤·이·네·요 조·용·해·요 바·람·부·네·요

사내와 여자의 모스부호는 먼 미래에 기록되고 있다 부호
로 된 언어니까, 아마 알아들을 수 있다

둘은 겨울이 되고 같은 방에서 꼭 끌어안고 잔다 사랑도
없이 외로움만으로 껴안는 삶을 둘은 이해한다

*

봄이 되자 인부들이 온다 폐가들을 허물고 대단지 주택을
짓기 위해

불 피운 흔적이 발견된다 무슨 말인 듯한 무수한 점과 선
들도

```
· · ·    ━ ━    · · ·    · · ·    ━ ━    · · ·    · · · ·
·    · ━ · ·    · ━ ━ ·    · · · ·    ·    · ━ · ·    · ━ ━ ·
· · ·    ━ ━    · · ·    · · ·    ━ ━    · · ·    ·    ·
· ━ · ·    · ━ ━ ·    ·    · ━ · ·    · ━ ━ ·
```

머리카락과 머리카락도, 옷과 옷들도, 발톱과 손톱들도,
벗어놓은 안경들도

둘은 어디로 갔을까, 이것은 그럴 수도 있고 그럴 수도 없
는 이야기, 그러나 이제 누구나 다 안다

>

둘은 살아 있었을까, 그것은 그럴 수도 있고 그럴 수도 없는 이야기, 그러나 있는 이야기도 없는 이야기도 아닌 그저 이야기, 한 사내와 한 여자의 사랑 이야기도, 이별 이야기도 아닌 이야기

그리고 대지에 떨어지는 빗소리

어·서·악·몽·에·서·나·가·요 여·기·다·시·오·지· 말·아·요

열두 채의 집이 허물어지고 그곳에서 발견된 것들은 모두 살다간 흔적들이다

결국, 그때 네가 거기 있었고

나는 누구도 나를 기억하지 못할 때 어둠으로부터 다시 탄생했다

내가 몰랐을 때 바다는 물이었고 하늘은 공중이었고 구름은 먼지였다
내가 몰랐을 때 은하는 은하였고 나무는 나무였고 인간마저 인간이었다

모르는 것들은 모르는 곳에서 비로소 태어난다 아기처럼, 아앙하고

나는 둘일 때에만 하나가 될 수 있다 내가 하나일 때는
하나도 아니고 모두도 아닌 것을 갖지도 버리지도 못 한다

신이라는 외로운 자리는 신만이 견딜 수 있는, 존재에 닿지 않는, 텅 빈 자리

모두를 떠올릴 때 사람의 얼굴은 모두가 다 흐릿하게 지워진 얼굴들
>

내가 한 번에 둘을 생각하면 그 둘 중 하나가 사라져 보이지 않고

내가 한 번에 하나를 생각하면 그 하나가 사라진 다른 하나를 데리고 다시 온다

나는 누구도 나를 기억하지 못할 때 탄생했고 그때 네가 거기 있었다 네가 새로 태어났다

나는 남방의 술집들을 다 돌아다녔다

너무 오랫동안 나는 불가능한 용서에 대해 말하고
너무 오랫동안 당신은 가능하지 않은 사랑에 대해 말해
왔네

거짓은 태초부터 세상을 맴돌다가 사람에게 들어와 생존
했네

나를 사랑하지 말라, 고 말한 것은 반은 가짜이고 반은 진
짜일 텐데 감정 때문에 사람들은 생을 그르치지

세상과 결별했다는 건, 반은 결별하고 반은 결별하지 않
았다는 말

오리무중들이 한 생이었고 한 나라였다네

무사하지 않다네 그러나 아무 때나 무사했다네

악이 삶을 지탱하는 줄, 바닥까지 가보고서야 알았던 사
람들에게 아직 인간이 되는 길은 멀고 먼, 닿을 수 없는 신기

루 같은 것

　짐승에게 한 아가리를 떠맡긴 인간들이 짐승이 아닌 오로
지 인간의 말을 할 때마다 묻곤 했다네, 욕망은 잘 지내시느
냐고

　눈을 부라리는 짐승이 없고서야 늘 거짓만이 감도는 세계
에서 짐승을 앓던 자들은 다 추방되었네

　나는 나를 떠메고 너는 너를 떠메고 가네

　누구나 자기를 떠메고 가면서 세계를 보고 있네

　무거운 마음들, 마음은 버무려지고 어느 구석을 뒤적여 몰
래 하나만을 꺼내 써야 하네

*

　내가 남방에 와서 하는 일은 술 마시는 일
＞

115

인간과 짐승의 주점들을 다 탐방하는 일 모든 삶은 주점에 있고 이토록 삶은 지루하다네

무료한 삶이 당도하면 남방의 술집 거리가 반짝거리고 술 취한 남자들과 여자들, 그리고 어두운 골목 끝에 아름다움이 있네

뻔한 것들만을 얘기하며 밤은 지나가고

농담과 진담 사이에서 한 생이 앓고 있네 만취해 횡설수설한 남녀의 진심 같은 것을 믿기도 하고 만취해 논리정연한 절반의 짐승을 안쓰러워하기도 한다네

인간은 마음이라는 한 무덤을 지고 가는 무덤지기

술 취한 어느 밤의 무수한 메모들은 인간과 짐승 사이에 있네

선악을 믿지 않고 호불호를 믿는다던 한 시인 옆에서 또

이틀 밤을 새고 돌아오네 나는 선할 수 없고 그는 악할 수 없네

사실 그 둘은 같고 사실 그 둘은 서로를 잘 알아본다네

내가 버린 나를 내가 주워와 다시 술상 앞에 앉히네 칼이 닿지 않는 곳에 마음이 있으므로, 술만이 마음에 닿는 흉기라지

*

남방 사람들은 술이 세고 세 번이나 아무것도 기억하지 못하네

한번은 대로변에서 자다가 경찰관이 흔들어 깨어버렸네

깊은 잠의 덜미를 잡아챈 그들을 멍하니 바라볼 때, 그 속엔 어떤 마음들이 흩날렸을까

>

어머니, 하고 불렀네 진초록의 잎들이 우수수 흔들렸네

새벽빛을 받아 푸르른 세계에서 식물들도 때로 눈물 흘린다고 썼네

남방의 싸움꾼들도 안다네 사시미칼을 손바닥에 툭툭 치며 걸어가는 사내를 힘껏 노려본 적 있는데

어두운 술집 골목, 위악과 만용들이 목책을 넘었으나 양을 품고 있는 늑대는 다행히 눈을 돌리고 사라졌네

진짜 늑대들은 양의 얼굴을 하고 있지 양들은 법을 잘 안다네 법 정도는 주무를 줄 알아야 세계의 봉우리에 앉을 수 있지

늑대들은 제 칼을 들켰으므로, 이미 무기를 잃었네

싸움을 비웃는 자들이 진짜 늑대들이라네 그리하여 세계는 싸움으로 이루어져 있다는 걸 나는 뒤늦게 알았지

　＞

사람을 만나는 게 가장 흔한 싸움 그리고

한 사람이 나를 버려서 나는 죽기 싫었네
한 사람이 나를 버리지 않아서 나는 술을 마셨네

남방의 술꾼들도 잘 알고 있지 그들은 곧잘 신을 믿네 신의 말씀은 술을 멀리하라, 였지만 그것만은 도무지 받아들일 수 없는 계율 같은 것이었네

전지전능이 술을 창조했네 덧없는 자들이 술이나 마시고 있네

제 안의 짐승을 만나기 위해, 제 안의 짐승에서 인간을 발견하기 위해 취한 눈으로 올려다보는 자신은 위악과 위선의 모두를 뒤집어쓰고 있는 유일한 존재라네

그것을 발견하는 것이 인간과 짐승 모두가 해야 할 일들

취하지 않은 것들, 피 흘리지 않은 것들은 그것이 아무리

시라도 시시하다네

피 없는 문장이야말로 노동 없는 대가

노동자의 피 묻은 독설과 취기는 아름답네 짐승을 지닌
사람은 그걸 알아보고 뒤돌아서서 서로를 연민하네 그러므
로 결국 살고 있네

*

어느 밤엔 생의 대부분은 가책으로 이뤄져 있다고 쓰기도
했네

가책으로 이루어진 끔찍한 세계, 괴롭기 위해 가책을 가져
다가 목책을 쳤네

위로받기 싫고 위로받고 싶네 한 생에 이렇게 목책을 쳐서
스스로 유배당한 자의 유일한 것으로서의 무엇을 쓰네

>

사람이 너무 많아서 누구나 아무인,
아무가 되어도 좋은, 무엇도 안 되는 시간에
나는 왜 아무인가, 생각하면서
슬픔 없는 나라의 뜬소문이 되기 위해

살아 있네 어느 밤엔 파르르 떨고 있는 짐승을 꺼내어 취
해야만 벗을 수 있는 오래된 모든 죄들을 떠올렸네

*

나는 술이 흐르는 강에서 태어났네 술이 나의 고향

아버지는 술을 먹고 안방에서 샛노란 오줌을 누며 웃었다
네 점잖은 장년의 사나이에게 요강을 가져다주면서, 나는 어
머니보다 아버지가 약한 자라는 걸 단번에 알아챘다네

무의미한 사내들은 술로 존재를 증명하기 위해 만취하곤
하지
     >

진로 한 병을 들고 역사 구석에 앉아 있는 노숙자들도 술로 인생을 탕진한 인간들일지 모르네

아직 몰락은 아닌 몰락, 더는 몰락이 될 수 없는 몰락
집이 없는 자들에게도 아직 더 부숴야 할 무엇이 있어서
긴 밤에 술을 마시고 주먹질을 하고 새벽에 깨어나
역사 흡연실에 들른 남자와 여자에게 담배를 구걸하네

단 한 번, 담배를 달라는 노숙자의 간절한 눈빛을 외면하고 나는 사흘을 앓았네 무위만 남은 한 인간의 간절을 외면하는 일은 큰 죄 아닌가

내가 가진 것은 십만 원짜리 도시바 노트북 한 대, 창고에 묵혀둔 시집 스무 박스

그리고 소주 여덟 짝과 참치 쉰 캔으로 백일을 났네

백 일간의 시들, 무위한 글자들을 두드리면서, 무료함만이 궁극이라는 것을 알았네

>

너는 얼마나 무료하니, 햇빛과 하나 될 수 있도록
옥상 위에 가만히 앉아 기절하도록?

얼마나 나는 무료하니, 평범의 평범을 얻도록
당신은 그가 기절한 옥상에 가서 이불을 덮어주고 가렴

나는 자꾸 쇠하고 있네 술만이 욕망을 불러온다고 오늘
밤엔 써야겠네

                              *

도망 온 곳에서 또 도망가면 어떤 해안이 나오나

나는 남방의 술집을 다 돌아다녔네 이룬 것은 없지만 흘
러간 것이 있어 술집에도 해답은 없다고 쓰네

취해서 토하고 있는 사람은 다음날 깨어날 것이고 이 무
한반복의 끝을 그는 허락지 않았네
    >

온갖 안주들과 술들, 온갖 남자들과 여자들, 온갖 기쁨과 과장이 하룻밤에 끝나면

술 떨어진 사람의 불안처럼 취객의 몸에서는 슬픈 풀냄새만 나지

내 빨간 눈은 세계의 태양이 될 수 없고 저 혼자 취해서 붉어지는 방을 하나 가졌을 뿐이네

*

남방의 술집을 다 돌아다니다 고래 고기를 집어주는 여자에게 도망가자고 읊조리는 사내는 술 깬 아침마다 왜 편지를 쓸까

도망 온 곳인데 또 어디로 도망가나요, 묻는 당신에게 술만 먹고 살자고 할까

휴일은 휴일이 되지 않고 날이 저무네
>

역사의 철로에서 미끄러져 해변으로 도망 와 또 도망가고
싶은 여름에 웃통 벗고 모래 위에 누워 부르는 철 지난 노래

불러도 없는 세계, 불러도 갈 수 없는 세계

해변을 걸어가며 아무것도 없는 아무것을, 취한 자의 유일
한 두서없는 것을 수첩에 쓰며

털썩 누워버린 몸이 불가능한 용서와 사랑을 언네 소리를
지르듯 무얼 써도 당신은 오지 않는 그런 술집들, 당신만 와
서 속삭이는 그런 술집들

모든 부서진 것들, 모두 도망 와 사는 것들, 부르는 것들이
모두 연가가 될 수 있도록 나는 취해 있네

내 이름은 무료하고 은밀한 구름, 남방의 술집을 다 돌아
다녔네

공중에 떠돌던 말에

한승태 시인

    시집 해설을 쓰는 일은 두려운 일이기도 하면서 바보 같은 일이기도 하다. 나도 시집을 내면서 그런 역할을 기꺼이 맡아달라고 부탁을 한 처지기도 하지만 해설이란 게 일반 독자에게 읽는 길을 알려주는 것일 텐데, 시를 읽는 길은 여러 갈래고 정답은 있을 수 없으니 두렵고 곤혹스럽기도 한 것이고, 시 독법과 내용을 제대로 전달하지 못하면 그것처럼 거추장스러운 게 없기 때문이다. 그럼에도 평소 알고 지냈다는, 그의 시를 좋아한다고 고백했다는 이유로 떠맡게 된 해설이다. 이렇게 길게 시작하는 건 내가 시를 모르기 때문이고 헛소리를 할지 모른다는 두려움 때문이며, 내 잘못된 해설로 온전한 독자들이 길을 잃을까 저어해서다. 이 글은 시를 읽는 독법 하나를 소개할 뿐이다. 그러니 독자들이여, 당신의 독법을 믿으시길!

    앙드레 브르통은 초현실주의 선언의 말미에 이렇게 적었

다. "삶은 다른 곳에 있다." 이것은 비단 초현실주의 시에서만 해당하는 것은 아니다. 낭만주의도 내 삶의 본질은 이곳이 아닌 저 너머에 있다고 믿었다. 그러니 시를 쓰는 작법도 읽는 독법도 길은 여러 개나 도달하는 곳은 같을지 모른다. 민왕기의 시를 읽으면 그가 낭만 세계를 구축하고 있다는 걸 알겠다. 그는 다른 삶이 있다는 걸 증명하기 위해 말과 소리의 뉘앙스, 그리고 고적한 장소를 찾아 떠돌고 스스로 유폐되려 한다. 말에 대한 감각을 되살리고 그 말을 통해 다른 삶의 가능성을 타진하는 것이다.

　말을 통한 가능성을 말라르메는 「운문의 위기Crise de vers」에서 다음과 같이 언급했다.

　"내가 '꽃'이라고 말하면, 내 목소리에 따라 여하간 윤곽도 남김없이 사라지는 망각의 밖에서, 모든 꽃다발에 부재하는 꽃송이가, 알려진 꽃송이들과는 다른 어떤 것으로, 음악적으로, 관념 그 자체가 되어 그윽하게, 솟아오른다."

　시는 말이고 말이 가진 힘이기도 하다. 가령 우리가 '사과'라고 발음하면 즉각적으로 입속에 침이 고이는 것처럼 민왕기는 말을 입속에 동글리며 전신의 감각을 자극하거나 상상의 근육을 꼼지락거린다. 그래서 시의 말은 자기 세계를 말의 힘에 의지해 구축하는 주술이나 마법과 같다. 나로서는 민왕기 시를 이런 측면에서 읽고자 한다.

말이 입에 돌면 사람은 간절해져 사모하게 된다는 걸
나는 여러 번 혼잣말을 해보며 알게 되었다

—「공중에 떠돌던 말」부분

  말의 힘과 뉘앙스, 그건 비단 사람의 말만 갖는 건 아니다.
바다나 모래, 저녁 같은 시간과 장소도 그 말에 뉘앙스를 보
탠다. 사람은 말을 통해서 관계를 맺고 그것을 공고히 하며
살아가는데, 시인은 세상에 시시한 말을 사랑하고 싶어 한
다. 그건 그가 외롭기 때문이고 그에겐 혼잣말의 정서가 있
기 때문이다. 누구나 외로우면 하게 되는 혼잣말, 혼잣말이
간곡하면 그가 부르는 대상은 움직인다. 그렇게 "공중에 떠
도는 말"이라도, "말의 촉각이 닿을 수 없는 오래된 말"이라
도 그가 부르고 대상을 만나면 슬픔이라는 물기를 돌려주
거나 그리움이라는 온기를 돌려준다.

  빌미라는 낱말이 낯설어서 밤에 사전을 폈다

  무엇의 꼬리 같은 이 말을 탐구하기 위해
  이리저리 책장을 넘기다가, 근원 없이 어지러운 우리말이라는 걸
  말의 촉각이 닿을 수 없는 오래된 말이라는 걸 알고는

  알 듯 모르는 모든 말의 꼬리에 실을 매달아 보내고 싶었다

빌미라니, 한 생의 꼬리를 감추고 숨어버린 신의 머리카락쯤 되려나

겨누고 싶지만 빗나가는 말의 화살이 있다면, 저 빌미쯤 되겠지만

당신 없는 오후에 사전을 뒤적인 것은 빌미라는 말이 궁금해서가 아니라
한 슬픔이 또 한바탕 오려던 찰라, 이 슬픔의 빌미가 된 것은 무엇인지

발꿈치를 들고 숨어버린, 세상의 어느 조용한 시간에게
잠시 따져 묻고 싶었기 때문이다

—「슬픔이라는 빌미」 전문

'아늑'하다, '애틋'하다 같은 형용사를 명사형으로 말의 촉각을 벼리던 첫 시집과 연결해서 이번에는 '빌미'를 입속에 넣고 굴려본다. 「슬픔이라는 빌미」는 자신의 창작 방법을 기술한 것으로 보인다. '빌미'라는 명사, "무엇의 꼬리 같은 이 말을 탐구하기 위해 / 이리저리 책장을 넘기다가, 말의 촉각이 닿을 수 없는 오래된 말이라는 걸 알고는" 빌미라는 말에 숨어 있는 뜻을 캐는 것이 아니라 감정을 오롯이 불러들인다. 발꿈치를 들고 숨어버린 얼굴, 혹은 신의 머리카락, 숨은 슬픔이 무엇인지 골똘히 생각하며 말이 전하는 감정을

떠올리는 것이다. 이는 그의 시를 읽는 빌미로 쓰일 수도 있겠다. '무량'이나 '어둑'처럼 형용사를 명사로 만들든, 애초에 명사든, '조금'처럼 부사를 사용하든, 의외의 과일이거나 음식이든, 그는 말의 결을 읽어내고 말이 환기시키는 감정을 온전히 드러낸다. 「자두가 자두일 때」, 「흰 무가 있는 저녁」, 「너의 조금」, 「측백의 저녁」, 「밤바다 건너 무량하다는 말」, 「회고적 가을」, 「부두에서 보낸 한 철」에서 떠올리는 말을 입에서 동글리거나 "공중에 손을 뻗어 만져보거나, 말로 다리를 놓아 서로 알게" 한다. 그의 말이 가 닿는 건너편에 당신의 과거가 있고 추억이 있고 고통이 있고 상처가 있다는 걸 알게 된다. 그렇게 돌고 돌아온 말이 불러일으키는 감정의 결이 이들 시의 강점이다.

그가 말에서 느끼는 감정의 결은 어떤 것인가. 쓸쓸함의 정서이며 혼잣말의 정서이다. 「공터를 가진다는 것」에서는 "지금 이 안은 쓸쓸하고 사람에게는 쓸쓸함이 공터였다." 버려져서 온전한 것이 있다. 아무도 사랑하지 않거나 소중히 하지 않아서 온전해지는 거, 그릇으로 친다면 비어 있기에 온전한 그릇이 된다는 거, 대개는 버려지거나 쓰레기거나 쓸모가 없어서 흘러드는 것들이 모인 공터가 있다. 그런 공터로 시인은 온전한 쓸쓸함을 얻는다. 「글썽이는 방」에서는 "먼지만이 (……) 사소함을 알고 있을" 방 같다. 그 방을 청소하고 나서야 잔잔한 마음을 얻기도 한다. 청소하기 전 시인의 마음은 어떤 상태였을까. 외로워서 오히려 깨끗해지

는 방, 별빛과 달빛만이 친구가 되는 밤, 먼지 같이 사소함만
이 친구가 되는 밤, 나를 온전히 껴안아 주는 방이 있다. 아
마도 그 방은 물속의 방일지 모르겠다. 나도 어린 시절 물속
에서 물 밖을 본 적이 있다. 물속에도 그늘이 있고 빛이 있
었다. 물속에서 돌 부딪는 소리가 몸으로 들렸다. 빛은 그렇
게 내게 들어왔다. 빛은 내 비밀이었다. 그것은 누구도 모르
는 곳이며 빛이었다. 그때는 없었지만, 내게 사랑하는 사람
이 있었다면 그에게만 알려줄 만한 비밀이었다. 이렇게 그가
불러주는 것들은 사소하거나 쓸쓸해서 외로워지는 것들이
다. 그런 것들은 은밀하게 불러야만 그 말이 힘을 얻어 비밀
을 넘어 마력이 발휘할 것만 같다. 그리고 그는 말의 힘을 믿
는 시인이다.

마늘과 파 당근 상추의 끄트머리, 돼지목살의 가장 두툼하고 맛
좋은 곳을 잘랐던 칼

갖은양념이 배인 부엌칼은 한 집에 하나씩 있고

몸살 난 당신을 기다리며 나는 내게 하나뿐인 칼을 물에 삶고
있습니다

칼을 드는 저녁마다 무사가 되어
동물의 뼈를 도리고 식물의 관절을 부드럽게 잘랐습니다

무슨 맛이 날지, 귀해서 먹어보지 못했던 칼을 삶으며

여기선 지난 계절, 당신과 내가 해 먹었던 수많은 요리의 맛이 날
겁니다

이를테면 당신이 내게 해주었던 닭볶음탕, 비리고 매콤한 것을
소주와 함께 마시면서
황홀해진 나는 연립주택 담장에 핀 장미를 따러 갔습니다

오늘 칼을 삶으니, 꽃 냄새가 납니다

무엇을 자르기만 했던 칼을 삶으니, 칼이 잘라냈던 무엇들이 우
러납니다

칼은 수많은 아침과 점심, 저녁을 잘랐겠지요 그리고 가끔은 마
음도 잘랐을 겁니다

당신이 아플 때는 세상에서 가장 귀하고 귀한 이 칼을 삶아 같이
먹읍시다

칼을 삶으며, 잊었던 아침과 저녁을 데려다 놓겠습니다
오월의 담장에 핀 피 같은 꽃을 따다 놓겠습니다
　　　　　　　　　　　　　　　　　　　—「저녁마다 무사가 되어」 전문

시인의 저녁은 칼에서 꽃이 피어난다. 몸살 난 몸에 와 박히는 그 많은 칼날, 음식 냄새로 삶아지고 결국은 아름다운 저녁으로 마무리하는 당신은, 칼날은 꽃으로 변한다. 칼날마저 꽃으로 변화시키는 연금술은 부엌이기에 가능하겠다. 시인이기에 가능하겠다. 혼자이기에 가능하겠다. 밤이기에 가능하겠다. 시에는 밀물과 썰물이 드나드는, 그만큼의 간극에 물컹해지는 두 사람이 있다. 칼날이 살을 발라내듯 살 속에 칼날을 들이듯 서로에게 스미는 밤이다. 칼날이 꽃으로 변했으니 금속성의 차가움은 없겠다. 다만 뼈가 무너지고 물컹해지는 밤이다. 「바다에 빗물 하나 내려앉아」처럼 작고 보잘 거 없어서 잘 보이지 않아서 지나치거나 모르는 것들과 시인은 함께 주저앉는다. 그게 대개의 시인의 마음이겠지만, 시 자체로는 긴장감이 없거나 밋밋하여서 '시인의 말' 정도로 보이지만, 하여튼 막막한 바닷물 위에 빗물 하나 얹어 보는 심정이 시인의 마음일 것이다. 그것이 쓰나미로 다가오는 건 나중의 일이다. 나비의 날갯짓이 태풍을 몰아오는 것도 한참을 떨어진 곳의 일인 것처럼.

아련한 것, 저 어둠 너머의 세계, 혹은 내가 가보지 못한 미지에 온전히 숨어 있을 거 같은 아름다움을 찾는 게 낭만주의라는 걸 게다. 첫 시집에 이어 이번 시집에서도 두드러진 경향은 말의 느낌과 감정을 통하여 도달하는 낭만 세계다. 그 세계는 아스라하고 둥글고 스산하며 '닿을 곳 없이 잃을 것 없는' 세계이며 '어깨와 무릎이 함께 희미해지고 미련도 없고 끝도 없는' 곳을 기웃거리며 소망한다. 그의 시는 금방 사라질 것 같거나 있었어도 있을 거 같지 않은 분위기를 잘 만든다. 「호텔 캘리포니아 게으른 태양 아래」나 「듬돌이라는 국숫집」, 「해안 이발소에 숨어서」, 「남해 해변 심야 백반집」처럼 거기에는 그가 유폐되고 싶은 장소가 한 몫을 한다.

바닷가 내 비밀의 모래언덕에 여자는 왜 앉아 있는지

해무가 오면 아랍의 희부연 피리 소리 들리고
안개를 딛고 공중을 밟으면, 당장 이야기 끝 사막으로 갈 수 있을 텐데

천 일간 들었던 이야기들이 단번에 오는, 물의 끝 바다 언저리

내 비밀의 곳간으로 찾아온 여자의 이야기도 사적이며 사적일지 모른다

혼자 울 때 그것은 정치 때문이 아니라
생활 때문이라는 걸
사소한 바닷가 마을, 해무가 오는 쪽을 바라보면 알게 되고

내가 파묻은 가책의 모래언덕에 여자가 고통을 묻고 떠날 때까지

나는 기척 없고 기다리고, 해무는 와 묽어지려 한다

내 비밀 옆에 당신의 비밀,

해무가 오면 서로 숨어 있기 좋다

　　　　　　　　　　　　　　—「바닷가 모래언덕」전문

"내 비밀 옆에 당신의 비밀" 서로 숨어 있기 좋은 시인 자신만의 모래언덕이 있고, 아니 모래언덕 자체가 비밀인 바닷가에 누군가 와서 나와 같은 비밀을 묻은 것은 아닌지. 그 얘긴 나의 결을 읽어주는 당신이란 존재 또한 비밀이어서 내밀하고 사소한 이야기를 품고 있을 것만 같은 바닷가 모래언덕은 무엇이든 들어준다는 것일 게다. 아니 당신의 품이 그렇다. 꼭 당신의 품이어야 한다. 천일야화처럼 이야기의 끝에 승리가 보장되는 것은 아니어서 지금 무섭고 두렵다. 당신의 보드란 품이라면 견딜 만하리라. 그건 내 생활의 사소한 비밀을 숨겨주는 만큼 당신의 비밀도 숨겨주는 언덕이리라. 내 모래언덕이 당신의 품이었으면 좋겠다.

이러한 장소는 무작정 떠나려는 시인의 의지가 담겨 있다. 그것이 실제 여행이든 아니든 상관없다. 낭만적 서정을 찾는 시인은 사라져 가는 말의 어감에서 아스라하고 낡은 풍경을 찾아내는 여행자가 된다. 시인은 이러저러한 자세로 꼭 있을 거 같은 내가 좋아하는 소설 속의 장면을 찾아낸다. 시인이 그린 풍경과 장소와 어감 속의 세계는 한 페이지를 넘기면 사라질 것 같다. 시인이 앉은 풍경에는 저 세상의 풍경이 있다. 존재할 것 같지 않은, 그럼에도 애인이 말없이 앉아 믿음과 사랑을 증명할 것만 같다. 그렇게 시인은 세상을 만들어낸다. 시를 쓴다는 건 한 세상을 만들어 내는 것이다. 그런 의미에서 민왕기는 분위기만으로 어감만으로도 능히 한 세상을 만들고 있다. 자기만의 세계를 구축하고 자기만의 언어를 운용하고 있다는 게 민왕기 시의 장점이다.

그는 "못 찾으면 멀리 가서" 찾고 "찾을 때까지 떠돌다 오지 못하"기도 하고 지금 여기서 채워지지 않는 것을 찾는다. 그는 자본의 세상에서 낭만을 꿈꾸는 기이한 자다. "오랫동안 봤던 얼굴인데 잘 아는 얼굴은 아닌" 이상한 자다. 그게 시인이리라.

해변은 빠져 죽기 힘들 만큼 얕아서 밤에 죽으러 왔던 사람들이
결국엔 물을 걷다 지쳐, 백사장으로 걸어 나와 하룻밤씩 자고
간대

다음날은 신비롭겠지, 바닥까지 보이는 물속에
물고기가 놀고
바다 너머에는 이 세상이 아닐 것 같은 비양도가 보일 테니까

구름은 이상하지, 죽으러 왔는데 더 있고 싶을 만큼 희어서

아, 눈부시다 그 말이 나오면 눈물이 터져서

못된 것 다 털어낼 수 있대

―「듬돌이라는 국숫집」 부분

세상에 졌다고 생각하거나 고통이 지나쳐 어깨가 빠지고 다른 생각이라곤 아무 것도 떠오르지 않는 막막함의 나날일 때, 죽기 전 먹으면 도저히 죽을 수 없는 음식도 있고, 풍경도 있을 거 같아서 나는 이 시를 좋아한다. '듬돌'을 오래 입 속에 굴려보면 믿음직한 어깨 혹은 거대한 바위 같은 침묵이 떠오른다. '듬돌'이라는 말이 있고 그 말에는 더 이상 살 것 같지 않아서 아니 살고 싶지 않아서 살게 되는 역설의 파라다이스가 있다. 그곳이 협재 해변이라는 현실이든, 비양도가 보이는 해변이든, 말의 결에 기댄 이상적인 해변이든, 그 "해변은 빠져 죽기 힘들 만큼 얕아서 밤에 죽으러 왔던 사람들이 / 결국엔 물을 걷다 지쳐, 백사장으로 나와 하룻밤씩 자고 간"다는 곳. 다음 날은 늘 신비로울 것만 같다.

그러면 당신은 모란이 되고 그런 모란에 기댄 햇살이나 저녁이나, 끄적거리는 글은 아무리 사소하고 무료할지라도 아름답다. 아니 사소하고 무료하기에 더 아름답다. 사랑을 나누고 난 후에 찾아오는 단잠 같다고 할까. 비로소 내 안에 짐승이 잠자고 세상을 선한 눈으로 맞설 수 있는 기운이 날 것 같다.

내 애인의 비밀은 내가 더 잘 아는 비밀

그건, 여고 때 처음 거울로 비춰보고는 본 적 없다는
하늘한 애인의 잎을 무수히 들여다본 후 생겨난 문장

남모를 의혹 하나를 혼자만 알게 된 것 같이
애인보다 내가 더 잘 아는 애인의 몸을 조심히도 갖게 된 것

어디 그뿐일까, 생각해 보면

무수한 뒷면을 들킨 것이 연인 사이라서
서로가 모르는 구석을 하나씩 데려다 사는 중이다

내가 일 년에 한 번 볼까 말까 한 허리를, 점 하나를
나도 모르는 나의 냄새와 잠들면 곧잘 하는 잠꼬대를

알려주는 것은, 내 뒤를 지켜주는 사람의 일

자기는 모르는 살의 느낌을 서로에게 전해주고
나 아닌 누구를 자기라고 불러보는 쓸쓸하기도 한 일

둘이 안고 누워 멀리 가는 밤에 생겨난 일

—「한 사람의 일」 전문

"둘이 안고 누워 멀리 가는 밤에 생겨난 일"에 등장하는 애인 혹은 연인은 실제 부부일 가능성이 크다. 부부도 연인 사이고 아내나 남편은 영원한 애인이라고 믿고 싶다. 연인 사이라서 뒷면을 들키고 싶지 않은 것이 아니겠는가. 그러나 아내는 다르다. 아내이기에 무수한 뒷면을 들키는 것이기도 하다. "자기도 모르는 살의 느낌을 서로에게 전해주"는 쓸쓸한 일이다. 같이 살면 알게 된다. 오히려 오래 살아서 모를 일이기도 하다. 그게 어디 한 사람만의 일이겠는가.

물고기 둘이 있던 어항에 하나가 죽고 하나만 남았다

(…중략…)

외로운 것보다는 죽는 것이 나을 것 같아
내다 버리려다 곁에 두고 보니 물고기도 멍한 것을 닮았다

하루 한 번씩 만나를 내리듯 밥을 주고
손으로 톡톡 잘 사냐고 묻는
너의 하느님은 어쩌면 내가 된 것인지도 모르겠다
　　　　　　　　　　　　　—「물고기의 하느님이 되어」 부분

천지불인(天地不仁)이라고 자연은, 하느님은 자애롭지 않다. 외롭고 그리운 건 인간의 몫이다. 그러니 하느님의 걱정

은 인간이나 하는 걱정일 뿐인데, 그 걱정을 울타리 삼아 인
간이 집을 짓고 산다.

　이불이 익어서 사람 냄새가 나면
　도망갈 곳 없는 사내도 잠잠히 몸 누일 것이니

　이 방은 우리가 살 부비며 자는, 세상에서 가장 깊고 말간 구멍

　걱정도 여기엔 들지 말고 고난도 가책도 여기엔 들지 말고
　우리 은밀한 잠잘 때
　부드러운 잠의 정령들만 곤하게 다녀가시라

　곱게 익은 이불 위에 당신이 자고
　이 냄새로 평화로운 나라가 생겨난다

　먼 곳 생각할 까닭 없이, 사람으로 온전한 천국이 될 때
　여린 단꿈 나눠주러
　배 위로 슬쩍, 올라오는 당신의 다리 하나

　세상 별것 없다는 듯, 이 방에 마음이나 두고 살라는 듯

　이불이 익는 밤, 살비듬 조용히 떨어져서 모르는 용서를 얻는 밤
　　　　　　　　　　　　　　　　　　　—「이불이 익어간다」 전문

이불 안에 담긴 냄새, 나의 몸 냄새나 당신의 몸 냄새는 배꼽 냄새와 닮았다. 그래서 자기애를 드러낸다. 이불 안에서 내 안으로 들어온 당신은 나다. 외로운 자에게는 이불 속만이 내가 만든 세계를 보장해 준다. 그가 만든 낭만 세계가 온전하게 실현되는 곳은 이불 속이다. 세상은 얼마나 험하고 무서운가. 그 이불 속에서 "둘은 아흐레째 잠을" 잔다. "깨어보면 후회들 다 사라지는 그런 잠을" 원하는 건 그래서 일 것이다. 외롭고 두려운 자여 모두 오라! 너의 꿈속으로. 이런 고해도 그의 낭만성에 기대어 있다.

우린 고된 이 세상에 살면서 매일 다시 태어난다. 잠을 통해서 꿈을 통해서 새롭게 나를 태어나게 한다. 그것마저 없으면 어찌 살아야 할까 싶다. 민왕기의 시를 읽으며 그대, 자본주의 세상에서 부디 죽지 말고 살아남으라. 매일 새롭게 태어나라, 그런 위로를 건넨다. 아니 그렇게 믿어보고 싶다.

반면 「골몰과 골몰이 불행히도」, 「해변과 사슴과 머리」를 읽으면 결이 조금 다르다. 현실 인식에 닿아 있다. 민왕기도 현실 세상이 녹록지 않음을 잘 안다. 그도 "귀신을 보는 사람처럼" "사슴을 끌고 다니는 사람들"을 본다. 그 사슴이 고리와 고리가 길게 이어져 어디도 갈 수 없는 것을 안다. 그는 검객을 곧잘 흉내 내며 자기 상처를 감추기도 한다. "제 잘린 머리들을 줄에 꿰어 끌고 헤매다 꿈에서 돌아오면" "목이 잘리고도 꿈은 안 끝나고 여자가 굴러간 얼굴을 들고 와서 당신 머리"라고 하며 "식은땀 닦아주는 여자를 만날 수" 있는 것이 유일하다. 그러면서 나는 혼자가 아니라고, 그래서 "잘린 제 머리를 보면서"도 살 수 있다고 다짐한다.

"뜻밖에도 사랑은 어려운 곳에서 그렇게 시작된"다. 비참한 현실 인식 속에서 이렇게 사랑을 회복하는 것도 그의 낭만이다. 「신경정신과 앞에 사랑하는 둘이 있다」에서는 낭만의 세계에서 추방당했거나 이르지 못한 자들이다. 스스로 상처를 내는 자들, 그래야만 사는 의미 같은 걸 잊을 수 있는, 그러면서 상처에서도 사랑을 읽어내고 구원이 어디에 있는지 알아내는, 결국엔 낭만의 문턱을 넘어버린다. 「뒤척이는 당신의 등을 쓸며」처럼 이 둘은 자신이 "살아오는 동안 해왔던 가장 선한 일 같다"고 서로에게 "오래전 죽은 어머니가 / 뒤척이는 어린 것을 다독이던 태고의 손이 될" 수 있는 것이다. 그래서 시인은 "어쩌면 이 반복이 삶은 아니라고 무심히 수첩에 적는다."

시집에 돈을 숨기면 아무도 찾을 수 없는 비밀이 되겠지

거기 무엇이 있을 거라고 다들 믿지 못할 테니까

가장 좋았던 시의 자리에 돈을 숨기고 며칠을 자면
만 원짜리 한 장에 사람이 스며 시를 품게 될 것

슬픔의 문장을 품고 있던 지폐는 조금 더 낡아가고
슬픈 사람 아니라면 손댈 수 없는 돈이 되어갈 테지

고통이라는 까마득한 문장이 스민 시집은 또 어떤지

슬픔도 꺼내 쓰기 어려운 문장이 새겨져 있을 테니
고통에 무너지지 않을, 먼 훗날만이 꺼낼 수 있는 돈이 될 테지

아름다운 나라의 지폐에는 시가 새겨져 있다지만
여긴 아직 멀어, 금고는 비싸고 그래도 시집은 팔천 원, 거기 돈
을 묻어두면 안전하니까

비상금도 되고 통행료도 되는 돈을 숨기고, 훌쩍 그늘의 상점으
로 건너갈 수 있지

—「그늘의 상점」전문

이 시집에서 얻을 수 있는 게 무엇일까. 함민복 시인의 시
처럼 시집 가격에 너무 헐하다고 타박하다가도 국밥 한 그
릇 값에 이르면 또 울컥해지는 시집에 배인 쓸쓸함이나 울
음 같은 걸로 그늘이나 한 평 살 수 있으려나. (끝)

내 바다가 되어줄 수 있나요

1판 1쇄 인쇄 2019년 3월 20일
1판 1쇄 발행 2019년 3월 30일

지은이 민왕기
발행인 윤미소
발행처 (주)달아실출판사

책임편집 박제영
디자인 박상순
마케팅 배상휘

주소 강원도 춘천시 춘천로 17번길 37, 1층
전화 033-241-7661
팩스 033-241-7662
이메일 dalasilmoongo@naver.com
출판등록 2016년 12월 30일 제494호

ⓒ 민왕기, 2019
ISBN 979-11-88710-32-4 03810